一个巴西人眼里的
真实中国

中国日记

Meu Diário da China:
a China atual aos
olhos de um brasileiro

［巴西］弗朗西斯科·福特·哈德曼 著
北京大学葡萄牙语专业 译

北京大学出版社
PEKING UNIVERSITY PRESS

图书在版编目（CIP）数据

中国日记：一个巴西人眼里的真实中国/（巴西）弗朗西斯科·福特·哈德曼著；北京大学葡萄牙语专业译. — 北京：北京大学出版社，2021.10

ISBN 978-7-301-31719-8

Ⅰ.①中… Ⅱ.①弗… ②北… Ⅲ.①日记–作品集–巴西–现代 Ⅳ.① I777.65

中国版本图书馆CIP数据核字（2020）第191293号

书　　名	中国日记：一个巴西人眼里的真实中国 ZHONGGUO RIJI : YI GE BAXIREN YANLI DE ZHENSHI ZHONGGUO	
著作责任者	[巴西] 弗朗西斯科·福特·哈德曼　著 北京大学葡萄牙语专业　译	
责任编辑	朱丽娜	
标准书号	ISBN 978-7-301-31719-8	
出版发行	北京大学出版社	
地　　址	北京市海淀区成府路205号　100871	
网　　址	http://www.pup.cn　新浪微博:@北京大学出版社	
电子信箱	zln0120@163.com	
电　　话	邮购部010-62752015　发行部010-62750672 编辑部010-62752022	
印　刷　者	北京九天鸿程印刷有限责任公司	
经　销　者	新华书店 650毫米×980毫米　32开本　7.25印张　200千字 2021年10月第1版　2021年10月第1次印刷	
定　　价	68.00元	

未经许可，不得以任何方式复制或抄袭本书之部分或全部内容。
版权所有，侵权必究
举报电话: 010-62752024　电子信箱: fd@pup.pku.edu.cn
图书如有印装质量问题，请与出版部联系，电话: 010-62756370

本书献给好友胡续冬，他慷慨地以诗歌为介，
建造了一座美丽的巴西—中国之桥

Em memória de Hu Xudong, amigo e generoso criador
de uma linda ponte Brasil-China: a ponte da poesia

前言

  中国读者即将读到的这十五篇随笔,是我于2020年1月30日至5月15日期间,在北京写下并在巴西发表的文字。那段时间里,新冠肺炎席卷了中国大地,并在几个星期后,演变为一场全球大流行的疫情。中国最初的防控措施引起了很大反响,而此前我在北京给巴西旗士电视台(TV-Bandeirante)录制过视频,因此,《圣保罗页报》邀请我写下第一篇文章。其他文章以每周一篇的频率,在我所任教的坎皮纳斯州立大学校报上在线发表。此外,新闻网站"坎皮纳斯来信"(Carta Campinas)也转载了这些文章。

  我能拥有这份难得的经历,是因为在2019—2020学年,我受邀成为北京大学外国语学院葡萄牙语专业客座教授。2018年，北京大学与坎皮纳斯州立大学签订了合作交流协议，供两校师生交流之用，这一年的访问正是协议的一部分。

巴西方面，我要感谢我的同事，坎皮纳斯州立大学通讯社媒体专员彼得·亚历山大·舒尔茨（Peter Alexander Schulz）教授，感谢坎皮纳斯州立大学通讯社主管、记者克莱顿·莱维（Clayton Levy），以及他们的团队。感谢他们盛情邀请我写下"北京日记"专栏，并编辑发表在我校门户网站上。我要感谢坎皮纳斯州立大学语言研究学院（IEL）研究生项目行政技术人员米格尔·雷奥内尔·多斯·桑托斯（Miguel Leonel dos Santos），感谢他处理图片，并在"坎皮纳斯来信"网站上发布日记。

倘若没有有着悠久历史的北京大学及其出版社提供的支持，这本书也不可能出版。我要尤其感谢北京大学出版社张黎明总编辑亲切的接待。正是他教会了我"旧雨新朋"。我还要感谢北京大学中文系教授、习研院副院长韩毓海先生大力促成了本书出版。

我个人尤其要感谢以下几位北大老师：闵雪飞、樊星、胡续冬、郭洁和范晔，感谢他们友善的帮助、慷慨的接纳与不断的鼓励。感谢马琳博士后，感谢她精心翻译了五篇日记节选，使这些文字于2020年4月首次发表在北京大学人文社会科学研究院的网站上。感谢亲切的朱丽娜女士，北京大学出版社的编辑，她在读过这些节选之后，迅速与我联系，商量出书的可能。此外，我要感谢我那些亲爱的学生，北京大学葡语专业2016级的同学们，感谢他们的奉献与友谊，感谢他们合作翻译了十二篇文章。既然说到了团结互助，我也要同样感谢北京大学葡语专业2018级学生，他们致信巴西亚马孙州上索利蒙伊斯蒂库纳族印第安人，个中详情见于我在最后一篇文章中的记录。

感谢纽约州立大学帕切斯分校张泠教授的关注与倡议，最后一篇文章经路易斯·科斯塔（Luis Costa）和罗玛尼雅·沃罗斯楚克（Romaniya Volushchuk）翻译成英文并发表在《城市与文化杂志》(*A Journal of Cities and Culture*)（第五期，2020年6月16日）。

我同样要感谢我的同胞塞西莉亚·梅罗（Cecília Mello，圣保罗大学电影学教授）与露西娅·安德森（Lúcia Anderson，坎皮纳斯州立大学社会学博士生，北京师范大学葡语教师），他们始终如一地支持我这一系列文章，并慷慨赠与很多可刊出的照片。

最后，我要感谢朋友们从世界各地发给我的信息，这再一次证明，我们确实身处同一条船上。今日我们安于随波逐流，但为何不去将航线彻底纠偏？我们从不缺乏豪情、希望与青春。为了更好地抗击所有的不平等，亟需为真正的团结互助与国际合作奠定基础。

巴西人和中国人之间,有着明显而深远的文化相似性,但毫无疑问,两国交流与沟通的渠道有待拓宽。愿这些写于人类至暗时刻的小文,有助于开山架桥、交流知识、消除偏见,巩固并促进一种和谐、信任与和平的关系。

2020 年 5 月 25 日,北京
弗朗西斯科·福特·哈德曼

哈德曼教授在北大上课

哈曼德教授在故宫

哈曼德教授在北大校园

JORNAL DA UNICAMP

ARTE & CULTURA | ATUALIDADES | ARTIGOS | BIOLÓGICAS | ESPECIAL | EXATAS & TECNOLÓGICAS | HUMANAS | IDEIAS | INOVAÇÃO

Francisco Foot Hardman é professor titular do Departamento de Teoria Literária do IEL, na área de Literatura e Outras Produções Culturais. Está vivendo na China, como professor-visitante na Escola de Línguas Estrangeiras da Universidade de Pequim, durante o ano acadêmico 2019-20, a convite dessa instituição, dentro do acordo de cooperação que ela mantém com a Unicamp.

DIÁRIO EM PEQUIM

15, MAI - 2020 | 14:55
A última crônica: de estudantes da Universidade de Pequim para indígenas do Alto Solimões

04, MAI - 2020 | 12:40
O Homo Pekinensis e O Mundo: nas voltas que o tempo dá

24, ABR - 2020 | 14:34
O Morcego e nós

17, ABR - 2020 | 13:08
Minha China tropical

12, ABR - 2020 | 15:40
Duas lágrimas na ponte de dandong

03, ABR - 2020 | 15:32
Se essa rua, se essa lua, se essa luta: comunhão da cidade renascida

27, MAR - 2020 | 12:03
Somos ondas do mesmo mar e um povo lindo surge das ladeiras

20, MAR - 2020 | 13:04
Por uma outra globalização: krenak e milton santos pedem passagem

13, MAR - 2020 | 11:48
Go China! (nem precisa avisar)

06, MAR - 2020 | 15:23
Cidade: quantos tempos e lugares?

1 2

MÍDIAS SOCIAIS

Acesse as notícias do JU nas redes sociais da Unicamp

送老友福特返回巴西

旧世界戴上了新冠,
还是落花了一地的法西斯流水。
你,一个免疫系统青春得如同学生运动
的老战士,即将返回被挤兑的未来。
愿埃塞俄比亚航空航路洁净、坦荡,
愿祭司王约翰把你护送到圣保禄身旁,
愿我们肾上腺髓质分泌的英特纳雄耐尔,
最终能为2020年投去弥赛亚之光。

胡续冬

2020/08/10 北京大学

送老友福特返回巴西——胡续冬作

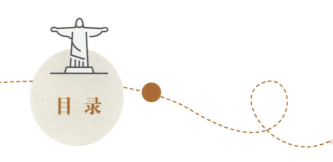

目 录

1. 你藏身何处，北京？ …………………………………… 1
2. 小区里的小卖部 ………………………………………… 9
3. 世界上最隐秘的咖啡馆 ………………………………… 16
4. 通行证和其他忧虑 ……………………………………… 25
5. 面包、白水与知识：我的心是共同体 ………………… 33
6. 城市：多少时代？多少地方？ ………………………… 43
7. 中国加油！（无需提醒） ……………………………… 51
8. 另一种全球化 …………………………………………… 58
9. 我们在同一条船上，一个美好的民族在山坡上现身 … 65
10. 如果这条道路，如果这轮月亮，如果这场战斗属于我们：重生之城的共识 …… 69
11. 丹东桥上的两滴眼泪 …………………………………… 76
12. 我的热带中国 …………………………………………… 85
13. 蝙蝠与我们 ……………………………………………… 96
14. 北京猿人和《世界》：在时间的回转里 ……………… 101
15. 最后一篇文章：北京大学学生写给亚马孙州上索利蒙伊斯地区印第安原住民的话 …………………………… 114

- 译后记 …………………………………………………… 128

中国日记／一个巴西人眼里的真实中国
Meu Diário da China: a China atual aos olhos de um brasileiro

Catálogo

1. ONDE VOCÊ SE ESCONDE, PEQUIM? ···· 135
2. A VENDINHA DA VILA ···· 140
3. O CAFÉ MAIS SECRETO DO MUNDO ···· 144
4. O CARTÃO E OUTRAS PREOCUPAÇÕES ···· 149
5. PÃO, ÁGUA E SABER: MEU CORAÇÃO É COMUNIDADE ···· 155
6. CIDADE: QUANTOS TEMPOS E LUGARES? ···· 161
7. GO CHINA! (NEM PRECISA AVISAR) ···· 166
8. POR UMA OUTRA GLOBALIZAÇÃO ···· 171
9. ESTAMOS NO MESMO BARCO E UM POVO LINDO SURGE DAS LADEIRAS 176
10. SE ESSA RUA, SE ESSA LUA, SE ESSA LUTA: COMUNHÃO DA CIDADE RENASCIDA ···· 181
11. DUAS LÁGRIMAS NA PONTE DE DANDONG ···· 186
12. MINHA CHINA TROPICAL ···· 191
13. O MORCEGO E NÓS ···· 196
14. O HOMO PEKINENSIS E O *MUNDO* : NAS VOLTAS QUE O TEMPO DÁ ···· 201
15. A ÚLTIMA CRÔNICA: DE ESTUDANTES DA UNIVERSIDADE DE PEQUIM PARA INDÍGENAS DO ALTO SOLIMÕES ···· 208

1

你藏身何处,北京?

2020.1.30

　　学校的食堂里几乎一个人都没有。我独自坐在一张桌子前用餐,但稍后来了两位食堂女员工,在我对面坐下。她们穿着白色的工作服,戴着口罩,和这里大多数人一样快乐而友好。我们互相问候。那个在我面前坐定的人,一下子扯下口罩,抱怨说口罩的绷带勒耳朵。她们笑得很开心。我明白她们在说什么,因为我也同样难受。我很骄傲能和食堂的同志们坐在一起,可惜几乎没有人能为这次相会充当见证人。

　　地铁的站台空旷得惊人。十一位上车的旅客,只有两位没戴口罩。"这是因为他们没买到,库存都告罄了。"朋友说。空气污染早已使相当一部分北京市民习惯了佩戴口罩,而新冠病毒大大推动了口罩的普遍使用。讽刺的是,北京的空气质量比前几年好了不少。冬天里阳光普照,这在不久前还是极为罕见

中国日记 / 一个巴西人眼里的真实中国
Meu Diário da China: a China atual aos olhos de um brasileiro

北京地铁内①

―――――――
① 没有注明拍摄者的照片，均为作者拍摄。

你藏身何处，北京？
ONDE VOCÊ SE ESCONDE, PEQUIM?

的事。然而，却没有什么人去享受。

小区广场上那群打太极拳的退休老人去了哪里？另一个广场一向是孩子的乐园，那些妈妈们和奶奶们去了哪里？春节前的那些寒冷清晨里闹哄哄的孩子们又去了哪里？

那个小卖部的女人去哪里了？那是个眼神哀伤、笑容美好的女人，守着小店，晚上十一点半才关门。香蕉和二维码中间有台迷你电视，播放着似乎永不完结的剧集。但此刻她在门上贴上贺年装饰，关闭店铺，说二月初才会回来，即便这样，也比理发店和外国人便利店预期要早开门。

啊！无名的中国女性，你们是革命之中的革命，是看不见的女英雄，属于一个"集体劳动者"意识优先于任何哲学和思想的民族。因此，夜深人静时回收垃圾的女人，会骑上电动车穿行于寂静之中，加入桥梁与道路上的车流之舞。完全无需仪式，仪式已经变作现实。清洁女工，你们藏在哪里？你们那一尘不染的制服又存放于何处？

我追随着如今隐匿不出的人们的脚步。我永远学不会像中国人那样，在这城市中不同寻常的空旷中蛰伏。北京，北京，你到底藏身何处？难道藏在了城市西北郊的香山公园里？秋天，那里层林尽染，山景极美，而现在却一片空寂。解放战争末期，即1949年3月至9月，最终进入首都之前，中国共产党中央委员会曾驻地于此。

中国日记 / 一个巴西人眼里的真实中国

Meu Diário da China: a China atual aos olhos de um brasileiro

在这个几近空城的城市中，团结互助网络的建立让人觉得不可思议。故宫明令禁止参观，博物馆、公园、国家图书馆也是如此。北京大学的校园暂停对校外访客开放（平常日均约有两千人预约参观）。如果你有校园卡，经门卫检测体温后，可以入内。学校延期开学，包括大学，开学时间不定。春节假期延长，以便推迟返工和人口流动。春节是一个重要的节日，也是中国最传统

北京大学东南门对面

的节日，几代团聚的佳节，它引发了世界上围绕单次事件的最大规模的人口迁徙。因此上述措施对世界另一头的人，可能是小题大做，但鉴于中国的人口体量，这些措施十分必要。

我提到过团结互助。每天，我和同事、学生之间的联络与互通的信息，都在向我证明这一点。它业已存在，无需说明。口罩之上，双目对视，已然足够。我们将以友善的姿态，怀着新春的喜悦，迎接班上唯一的武汉居民黄永恒与同样居住于武汉的二年级学生杨凯雯回归。

今天我又去了食堂。那两个女员工中，有一位又和我坐在了同一张桌子上。其实有空桌子，但我们似乎已经组成一个小团体。她负责回收用餐人的托盘、餐盘和餐具。食堂还是没有人。我比她先吃完午饭。我带着我的东西和托盘起身。她做势起身，意思是要起来帮我倒掉残食。"不，同志，绝对不要。"我摆摆手。我应该自己完成这件小事。"和所有常客相比，您更需要平静地用餐。"我们会心地笑了。

然而此刻，我仿佛生活在一片沥青沙漠。班级在哪里？人又在哪里？北京，回答我：你藏身

北京大学中关园小区内

何处？

　　我不放弃，一如全体中国人。我不放弃，我梦想，我恳求，我希望，那个在街头卖栗子的女人，与她那蒙古荒漠一般爽朗的笑容一起回来。她会骑着电动三轮车出现吗？她会出示二维码让我用手机支付吗？（这里现金支付日渐稀少：纸币，如同报刊，正在成为过去。）

　　但她一定会回来。在北方多沙而寒冷的风

你藏身何处，北京？
ONDE VOCÊ SE ESCONDE, PEQUIM?

北京大学东南门天桥

里，与她纵横的皱纹一起，与她命中注定要备办一切的双手一起，与她飞扬而质朴的快乐一起。她一定会回来。可能她不会再带来栗子（它的香气令人难忘，填补了我的秋日和部分冬日时光），但她会带来新一季的水果，这是农历新年的预告，尽管它受到了邪恶病毒的冲击，以此提醒我们注意当下剧烈冲突的社会环境。在如同暗号一般的漫长等待中，中国人几乎提前备好了一切。

因为在这里，农历新年更多是用来庆祝春天的来临。我猜想，卖栗子的女人，此刻正在内蒙古广袤的荒漠中，准备货物，之后由她那辆不可替代的小车运来。北京的春天一定会有最好的空气和阳光。很快，卖栗子的女人会回到这里。相信并不艰难。等待并不费力。

2

小区里的小卖部

2020.2.7

近些天来,北京的道路上几乎没有人影,因为大家都在农历新年前离开了。春节是中国人民最盛大的节日,一如我们的狂欢节,它的日期会随年份变动,在今年冬天,它正好是1月25日。我居住的小区位于海淀区,这个大都市的西北部。小区里有一个小卖部,离我家不到200米。小区有四五条道路,还有大约60栋五层以下的小楼,对于我们这些住户来说,这个小卖部比任何超市都便利。那处由两间房组成的狭小空间中,能够找到所有东西,或者近乎所有,而且它开到深夜。

因此,即便对公共场所的歇业已见怪不怪(不仅因为假期,主要是安全卫生措施),看见小区小卖部停业却仍令我沮丧,我知道许多邻居也是如此。一张配上了新年祝福的公告说,小卖部会在2月1日重新开门。但为了防止疫情在北京这

小区里的便民小卖部

个拥有约 2150 万居民的城市中进一步蔓延，人们极尽小心，小区居委会将这家小卖部的停业时间延长到了 4 号。新的沮丧袭来，新的等待开始。

人们纷纷回到家乡，与父母一同过年，而如若祖父母与外祖父母尚在，还得返回祖辈所在的城市或村子里过年。过年意味着人口的大规模流动，春运成了和平时期地球上由单次事件引发的最大规模的人类迁徙。不幸的是，中国这一最重要的节日导致的人口流动恰逢新冠病毒传播与扩散之时，因此，必须

哈德曼教授中关园住所自带的院子

强制实施出行管制，而这在绝大多数中国人心中，造成了深切的挫败感。

还有成百上千人离世的悲剧发生。此外，还有超过5000万居民痛苦地困居于武汉（湖北省的重要城市、省会，距北京以南1150公里）及周围

中国日记 / 一个巴西人眼里的真实中国
Meu Diário da China: a China atual aos olhos de um brasileiro

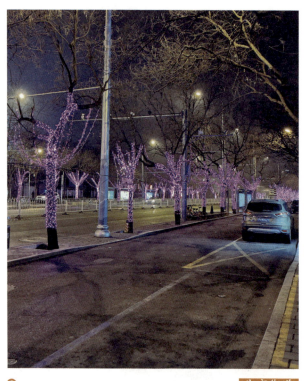

北京街道

十几个城市的防疫封锁线中①。

但生活仍在继续,中国人闭门在家,小心翼翼,就这样!这里成为一个口罩的国度。然而,此刻,人们既不执着于审

---

① 5000万这个数字高于整个圣保罗州的人口(4400万),圣保罗州是巴西人口最多的州,而5000万仅相当于整个中国3.5%的人口。武汉是中国第七大人口城市(1100万),这个数字非常接近圣保罗市的人口(1200万)。——原注

* 叙述简便起见,本书对原文既有的脚注标明"原注",没有标明"原注"的表示均为"译注",不再一一说明。

美，也不诉诸暴力破坏的幼稚思想或行为，人们绝不这样做。体温检查设置在大厦、小区、食堂、大学校园、地铁等地点的全部入口。博物馆、公园和大型公共景点仍维持关闭状态。

　　这种情形下，每个人都更焦虑了，人人如此。因此，在预告开门那一天，我跑到了小卖部。这是渺小而伟大的幸福。老板娘就在那里，沉静的悲伤比以往更甚，她的眼神带有忧郁之美，面容十分平静。如今，她戴上了黑色的口罩，据说那是市面销售的口罩中最为有效的。这天，太阳现了身，在门上投下一道光束。在这个不安的冬天里，我们已然有了更多交集。我购置了比平常更多的东西，账单超过了110元，约81

中国日记／一个巴西人眼里的真实中国
Meu Diário da China: a China atual aos olhos de um brasileiro

北京大学未名湖

小区里的小卖部
A VENDINHA DA VILA

雷亚尔①，小卖部又回来了，我很开心。再一次见到它"冷淡"的女主人，我真开心极了。她总是帮我装食品，这是一种无与伦比的礼遇。她真好！

我犹豫要不要请她跟我一起来张自拍。我没问，也没做。小卖部的女人喜欢看中国电视上日夜连播的电视剧，一如成千上万的中国人，这一点上，他们竟与我们巴西人如此相似。在她的迷你设备上，总是播放着狗血的爱情连续剧。没错，在中国，也有狗血连续剧。如今，因为规定限制，她不得不早些关门，不能像疫情前一样，开到晚上十一点半。

为了能常去小卖部，我总会故意骗自己说还缺少某样东西。第二天我就这样干了。太阳已经隐没了。这两天下了好几场雪，之前从未发生过——北京气候十分干燥，很少下雪。所以，这次她看上去更悲伤了一点儿。如果说之前太阳或月亮令她美丽的眼眸暴露在世人面前，那么现在，隐现于店门缝隙与口罩上的雪光让她熠熠生辉。多美啊！我们心领神会，我们的关系超越了货架上的商品与叮当作响的钱币。我们已经可以微妙地相视而笑，相互问好。

有太多太多爱情故事供她不厌其烦地观看、记住、梦想着经历，就在风的沉默里，北京那如刀一般会割破双颊的寒风的沉默里。

---

① 巴西货币。按作者写作时的汇率计算。

3

世界上最隐秘的咖啡馆

2020.2.14

北京在小雨中迎来黎明。天气还要再冷一段时间,但最近气温已有所回升。这雨很好,净化空气,完全不同于在圣保罗和贝洛奥里藏特降下的造成严重灾难的暴雨。这些日子,北京的空气质量下降了,虽说比前几年污染最严重的时候要好很多,但依然很差。现在,为了降低传染风险,人们不得不待在家里,空气却没有变好。海淀的街道上几乎没有人。如果你了解北京这座特大城市,了解这一个区,或是你想象一下一个城市人口比圣保罗多一倍(尽管北京比圣保罗更大,人口也更分散),便会觉得这里目前就如同一座空城,一片寂静,不同于以往,简直是超现实。

在这儿能做什么?我用音频录课,通过微信和邮件把课程材料发给学生们。我和班长沟通——他的作用很重要,完全不是可有可无的。同学们都急着回北京，想回到无比美丽的校园。这里提供宿舍，供本科生和研究生居住。目前面授上课时间无限期推迟。一位学生家在遥远的广东省吴川市，她问了我一些有关格拉西里亚诺·拉莫斯（Graciliano Ramos）的小说《干涸的生命》（*Vidas Secas*）的问题。我接下来要讲这本书，她已经开始自学。她和其他同学都问我在北京过得怎么样，有没有好好照顾自己。这些年轻的中国学生多么亲切！多么友爱！多么体贴啊！他们和巴西学生一定可以意气相投，共同学习。幸运的是，这种机会已经安排好了！

另一位同学，家在浙江杭州。她正在翻译米亚·科托（Mia Couto）的小说，问了我很多具体问题。还有三位同学，分别来自郑州、深圳和福州，他们正一如既往地努力，专注完成毕业论文。这三人研究的作家各不相同，分别是鲁本·丰塞卡（Rubém Fonseca），吉马良斯·罗萨（Guimarães Rosa）和米亚·科托，但他们不约而同地把研究主题定为"抛弃":《八月》(鲁本·丰塞卡著)中在 1954 年悲剧般的八月里被抛弃的巴西;《河的第三岸》(吉马良斯·罗萨著)中遥不可及却令人怀想的父亲对家庭的抛弃;《一条叫做时间的河,一座叫做大地的房子》(米亚·科托著)中被城市和历史抛弃的小岛。

如今全球范围内都存在着"抛弃",被抛弃的是病人、最穷的人、食不果腹的人、战争难民和资本主义文明自杀式发展导致的生态灾难造成的难民。此时,一条来自学生的信息令我感动不已。这位同学正在她美丽的家乡武汉过着隔离生活。我之前给她发去一个视频,由葡萄牙的学生制作,号召声援中国人民。她回复了我:"老师,谢谢您给我发来这个温暖的视频!这段时间,我的城市见证了灾难,也见证了爱。这种支持和鼓励是让我们坚持下去的力量。您不用为我担心,我和家人都很安全,也很健康。非常期待能在春天到来的时候和您在校园里重逢!"

如果说有一种文明战胜战争、饥荒、殖民等恶劣条件,以等待发展出了千年的智慧,这正是中国的文明。因此,我们现在比以往任何时候都更需要等待。在这空荡而苍凉的风景之中，我们可以问询，走过的所有道路中，哪一条是最好的。问询街，问询树，问询湖，问询与空旷街道相交的天桥，问询广场，问询小巷，问询改造后的胡同（但以我们颓废的古典主义看来，还是乱糟糟的）。

我们还可以问询看似没有路的地方。比如，三里屯，平时熙熙攘攘，如今空空荡荡，不知从哪冒出来一位街头理发师。这可不是塞维利亚理发师，而是孤孤单单的一个人，在无人的周日。女士剪发 20 元，男士 15 元。谁准备好了？只有两位顾

街头理发师

客在等，就站在路边。说实话我有些犹豫，因为这位剪刀大师没有戴口罩，而这一安全规定我却严格遵循。

  那些咖啡馆呢？基本都关门了。以北京大学建校时间命名的 1898 咖啡馆，到了预定开业那天没有开业。万圣书园的咖啡馆，另一处备受欢迎的地方，也是如此，从除夕那天就停业了，到现在已有三个星期。我怎么能不思念那里的宠物猫呢？

三里屯太古里

这个象征好运的动物,总能美美地睡觉,它提示我们在天地之间存在着很多重要问题,比人能想到的要多得多。①

面对这一要求人小心谨慎、团结互助的场景,我不禁想起了那间"世界上最隐秘的咖啡馆"[去年十月,我在巴西坎皮纳斯州立大学文学院的同事马里奥·路易斯·弗隆吉卢(Mário Luis Frungill)在此精准地敲定了这一名字]。在北大西门对面小区的一条隐蔽的小路上,在树木枝叶之间,有一扇木门,上面挂着一块简单的牌子,写着:"斯多格书乡"。这是一个十分好客的咖啡馆,以前曾是音像店,电影发烧友们常到这里淘稀罕的艺术片或稀有的 DVD。一则告示提醒客人们要轻声细语,提醒确无必要,因为顾客少之又少,且他们本就习惯安静。学校放假前夕,彼时幽闭生活还未开始,我与同事樊星和马琳来到这里。这里真是难以置信的所在,已经开了十几年。在这里,我们可以畅想另一些世界,都将远

---

① 此处化用莎士比亚《哈姆雷特》中哈姆雷特提醒霍拉旭的话:天地之间有许多事情,是我们的哲学里没有梦想到的。

中国日记 / 一个巴西人眼里的真实中国
Meu Diário da China: a China atual aos olhos de um brasileiro

斯多格书乡－胡续冬摄

斯多格书乡外景－胡续冬摄

远好于这个被气候危机威胁的世界,就在2020年初,真实且警醒的数据已说明了一切。

以最为质朴的团结,面对当前的疫情;以最沉默最决绝的抵抗,凝聚青年四分五裂的意愿,他们必须继承社会环境崩塌给地球造成的沉重负担;以最无所谓的勇敢,面对日甚一日的恶习、

万圣书园和"黑猫警长"

无知、种族主义及腐败权力那可笑的傲慢。在世界上最隐秘的某个咖啡馆里,我们可以汲取斯多葛主义最好的教导。让我们紧密地团结被各种命运弃之不顾的人。让我们成为世界公民,就在穿过这扇古老木门这一刻,这道门暗藏芬芳,属于一个从我们身边逃离的时代。

万圣书园 — 醒客咖啡

4 通行证和其他忧虑

2020.2.21

我第二次被拦在了小区门外，目前只有一扇门可以通行。出入规则相比之前更加严格，这样虽会引起不便，但对防控疫情确实有效。在北京这样的大都市，因为人们减少出行，目前确诊人数没有超过400人，确定死亡4例，对于拥有约2150万人口的北京来说，这一数字

中关园小区内

相对并不算多。我所在的海淀区目前官方确诊病例 61 例。他们之中有人是我的邻居吗？那几位逝者里有人曾住在我附近吗？我隐隐有些担心。生活在人口密集的大城市里总会有相似的忧虑。好在太阳出来了，鸟儿回来了，气温也升高了，"行凶作恶"的新冠病毒先生将会逐渐失势。

没有什么比巴西狂欢节更能打消疑神疑鬼。在狂欢节的游行队伍里，尤其是在里约，"皇冠病毒"字样成了很多人的变装打扮，有男也有女。这种情况下，最好的是幽默讽刺。笑总归比哭好，尤其是总有糟心事从巴西利亚传来，当今的流行语是：今天看起来比昨天还糟糕。或者借用路易斯·费尔南多·维利希莫（Luis Fernando Verissimo）[①]在报刊专栏中写到的一句睿智的话：威胁我们（巴西）的不是冠状病毒，而是一种更加悲剧、更加无法医治的病——整个国家的漠不关心。

---

① 路易斯·费尔南多·维利希莫（1939— ），巴西当代最受欢迎的作家之一，擅长写讽刺幽默的专栏文章。

通行证和其他忧虑 4
O CARTÃO E OUTRAS PREOCUPAÇÕES

圣保罗狂欢节的照片

我们都知道,无论某些记者、经济学家和科学家如何努力迷惑大众,人们的日常生活说到底并不是简单的数据。就比如我现在的情况:如果不想睡马路被冻死,就得想办法进家门,为此就需要到小区管理部门重新报备暂住访客身份,那里离我的住处有 50 米远,与我目前所在的大门相距 200 米。我住的小区原本有三个门可以进出,以前行人、自行车、三轮车混在一起十分热闹,唯独汽车夹在其中不太和谐。小区面积约为六万平方米,有四条南北向的路、五条东西向的路,构成一个长方形。如今在唯一开着的大门前,有一块电子屏,上面显示着醒目的标语:万众一心,坚定信心,科学防控,战胜疫情。

两位向来和蔼可亲的小区工作人员给了我一张卡片,上面

中关园抗疫宣传

通行证和其他忧虑
O CARTÃO E OUTRAS PREOCUPAÇÕES 4

写有我的个人信息,这就是我在封闭管理期间的通行证,我感到一丝喜悦。护照不管用,访问学者证也不行,都过时了。现在这张通行证上写有我的名字和住址,背面还有温馨提示:"勤洗手、戴口罩、常通风、勤锻炼、不扎堆、讲礼仪、稳心态"。据我的同事樊星解释,最后三个字是不要过度担心的意思。

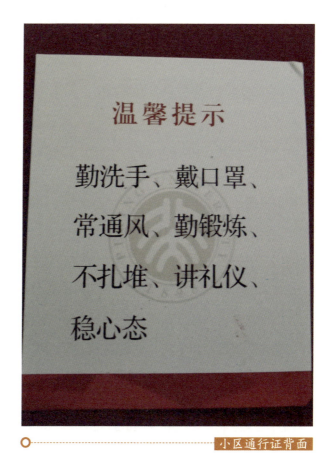

小区通行证背面

"是指对病毒的担心还是对所有的事?"我问她。"卡上没有细说,"她回答,"但我觉得说的是不要过分担心病毒。"我觉得我过关了,因为这些提示我基本上都做到了。我认为还算合理。

但如何能不担心那些比我们更痛苦的人呢?我想到在我挚爱的巴西还有很多食不果腹的人,很多失业者。我想到那些经历了政治暴力和刑事暴力的受害者,如今这两种暴力正危险地相互趋近。我想起玛里艾丽·弗朗哥(Marielle Franco)[①]和那些下令将她刺杀的幕后黑手。我想起那些因为叙利亚战争而受伤、死去或惊恐逃难的孩子们——这场战争已持续近十年,它标志着一些大国虚伪的无能。

我想到我在北京大学的学生,大二的杨凯雯。她是武汉人,和家人一起去了十堰,仍在湖北省内。我的同事樊星和达尔希拉·博尔热斯教授的葡语课,要求学生就我之前的几篇文章做出评论,杨凯雯从十堰发来下面这段话:"哈德曼教授详细地记录了他在冷清且没有生气的春节期间的生活,小区里重新开张的小卖部,戴口罩的行人以及中国人的牺牲。我在北京上大学,现在正和父母在湖北的一个小城市忍受着牺牲之苦。在这里,从很多方面来说,生活似乎比其他地方更困难。按照关闭公共场所、禁止交通运行的规定,我们不能出门去超市购

---

① 玛里艾丽·弗朗哥(1979—2018),巴西女政治家,里约热内卢议员,2018年3月14日在里约被残忍杀害。

通行证和其他忧虑
O CARTÃO E OUTRAS PREOCUPAÇÕES

物。政府提供蔬菜和基础食品,以保障人们的基本生存,但即便如此,也需要在短时间内领取,晚了就没有了。新冠肺炎之外的病症和用药需求暂时被忽视。总体情况越来越好,但仍旧有问题。这个小城市里,病人很多,却鲜少有媒体关注,生活在这里,让我不由觉得难过。"

看到这些任何通行证都无法打消的忧虑,人怎么可能不受触动?这段文字由一位出生在新千年之后、还未满二十岁、仍在上大二的中国学生用葡语写下,看到这些话语,我们怎能不由衷赞叹?怎能不为从一开始就陪伴着这个班级的樊星老师和达尔希拉老师献上祝贺?

杨凯雯与其他五位同学将于今年8月前往巴西,在坎皮纳斯州立大学文学院进行一个学期的校际交流。我们怎么能不呼吁坎皮纳斯州立大学师生,尤其是学生们,张开双臂,迎接他们的到来呢?坎皮纳斯州立大学之前接纳了黑人配额学生、国际难民学生、印第安人特招学生(在此,我向南杜蒂支援网络[①]表示敬意!),这些都是很好的先例,因此,我建议以同样的热情接纳这群来自远东的年轻朋友。

因为,归根到底,当所有的警笛都开始闪烁,发出尖锐刺

[①] 南杜蒂(Ñandutí)为巴拉圭传统花边艺术,在瓜拉尼语中意为"蜘蛛"。南杜蒂支援网络为坎皮纳斯州立大学印第安土著学生创建,旨在为特别招生制度下录取的土著学生提供指引与帮助。

耳的鸣响，提醒环境危机时代的到来，我们必须寻求一种能将我们联合与拯救的团结互助，一种可能也必须拯救我们共同的家园——地球——的团结互助。人类不仅应该为平等和多元而共同奋斗，倘若时间来得及，还要阻止那些千方百计灭绝生命的人继续主宰地球的命运。

  现在，有了这张通行证就够了，我平静了下来。我确信我们并不孤单。

5

面包、白水与知识：我的心是共同体

2020.2.28

半封闭的这些天里，我所走过的道路都通向一个小小的大学食堂，这段时间里，它仍勇敢地维持营业。食堂位于我困居的小区的一端，离我家约 400 米远。在这艰难的几周里，到食堂吃饭的人非常少，我逐渐成了与厨师班和工作人员熟识的常客。现在，检查体温和居民证（这里的居民主要是北京大学的教职工家属）的保安也认得我了。负责收用完的餐具和托盘的女士是动作与节奏的绝对掌控者，如今她掌管着大门的钥匙。我可以说，我俩几乎已经是朋友了。

选择菜肴时，他们会帮我夹素食。我越来越喜欢这些绝佳的调味与搭配，有茄子炖土豆，有浇上微甜汤汁的西红柿炒鸡蛋——这道菜几乎是必点的，还有西兰花、菠菜以及总是煮得刚好的豆芽。现在我都用不着点米饭。后厨早已将米饭从巨大的饭锅中舀出,打完菜后,将米饭打在正中间的正确位置,所有的佐料与食物围聚在这个中心。我这样保护着自己,因为,众所周知,这里"毫无问题",在北京的这个地区里,全国对抗疫情的战斗眼下似乎取得了大范围的胜利。卖饮料、汤水、红薯(好吃极了!)以及各种面食(有馒头、包子、馅饼)的女士一看我的点单就笑,总想给我多塞点儿什么,尽管我努力克制。

在这儿,我知道我不会缺少每天的食物。饮用水源也不缺,离我家仅50米的地方就有自动饮水机,我最喜欢的仪式是使用我最珍贵的水卡,6.5升的好水只需要大约80分雷亚尔。这个国家与巴西情况不同,水资源并不过剩,这种慷慨的供应量是值得大书特书的。在所有酒店,每一天,旅客都会在自己的房间内发现两瓶免费的矿泉水。很长一段时间以来,对巴西狂欢节上瓶装水和杯装水会卖到什么天价,我简直无法想象。

但是,在这儿,既然我有水,也有方便的食物,我们就可以重新开课了,现在都是远程教学。这个班级连接了12个不同的省市,其中一

面包、白水与知识：我的心是共同体
PÃO, ÁGUA E SABER: MEU CORAÇÃO É COMUNIDADE

5

些非常遥远。你们相信巧合吗？我更喜欢"时空交汇"的说法，不想使用那个更学术更少用的词语——"共时性"。要不，我们还是使用"同步"这个词吧。

野蛮的行径正在摧毁我们深爱的巴西，面对这种自上而下的野蛮，我们要和两位思想家一起，自下而上转变方向，重新开始。这两位思想家是伯南布哥[①] 20 世纪给世界留下的遗产，无论

[①] 巴西 26 个州之一，位于巴西东北部。19 世纪后半叶，以州府累西腓为中心，形成了"累西腓学派"。这是一场社会思想文化方面的运动，诞生了众多对巴西思想产生重大影响的学者。

中国日记 / 一个巴西人眼里的真实中国
Meu Diário da China: a China atual aos olhos de um brasileiro

中关园小区内

是过去还是未来都没有任何野蛮能将他们摧毁。若苏埃·德·卡斯特罗（Josué de Castro）^①的杰作《饥饿地理学》（1946）论述了在那个衰败场景中最简单与最根本的问题，可悲的是，这个问题在

---

① 若苏埃·德·卡斯特罗（1908—1973），巴西医生、营养学家、地理学家、作家。《饥饿地理学》一书曾在1952年获得富兰克林·罗斯福奖。

面包、白水与知识：我的心是共同体
PÃO, ÁGUA E SABER: MEU CORAÇÃO É COMUNIDADE 5

中关园小区内

当下依然存在。保罗·弗莱里（Paulo Freire）①的旷世之作《被压迫者教育学》（1968）是人文科学领域全世界引用率极高的著作。弗莱里是坎皮纳斯州立大学的荣誉退休教授，曾获得联合国教科文组织颁发的和平教育奖，是巴西教育的守护神，任何篡夺"反教育部"部长之位的无能之人都无法撼动其地位。

---

① 保罗·弗莱里（1921—1997），巴西教育家、哲学家，批判教育学的主要倡导者。《被压迫者教育学》为批判教育学最重要的文本。

中国日记 / 一个巴西人眼里的真实中国
Meu Diário da China: a China atual aos olhos de um brasileiro

在中国谈论知识的力量简直是多余之事，因为这是一种绵延不绝约五千年的文明，自老子、孔子和墨子以来，人们始终重视对知识的不断探寻。当面临无知及其孪生姐妹暴力的深渊时，也是同样如此，甚至更加如此。这种知识是不断发展的"艺术–科学"，它意味着友谊与对话。一切都是为了追求共同生活的真正意义，将与自然的和谐以及人与人之间的和谐作为意图与目标。

教育与爱，如此平凡，以致成为被人抛于脑后的二项式。在专门献给它的这一周里，黄金之鹰舞校脱颖而出，成为圣保罗狂欢节的冠军。它来自圣保罗庞贝亚街区，是我童年甜美回忆的萦绕之地。在一首歌的歌词里，它向保罗·弗莱里致敬，伴着乐队的激昂演奏，它唱道：我的心是共同体，让梦能发生。所以，我才谈起了同步。在这些有政变威胁的日子里，巴西大众文化是我们拥有的最好的事物，它无处不在，甚至来到北京，照见我们的远程教学。和谐的同步堪称伟大的灵感之师：Kairós，机遇，在"正确的时间"到来的事件；Kairós，机遇，所有人民的长期抗争给出的教导。在这里，它融入了我们的歌声、

面包、白水与知识:我的心是共同体
PÃO, ÁGUA E SABER: MEU CORAÇÃO É COMUNIDADE

圣保罗狂欢节中国主题游行 –Cecilia Mello 摄

圣保罗狂欢节中国主题游行 –Cecilia Mello 摄

中国日记 / 一个巴西人眼里的真实中国

Meu Diário da China: a China atual aos olhos de um brasileiro

节奏、空间。当然，也融入了我们的斗争之中。

但是今年，中国也同样出现在了圣保罗市的萨姆巴德罗姆游行区①。我说的是维拉·玛利亚联合桑巴舞学校的一个致敬之举，其情节现在看来很有先见之明，那还是去年岁中，远早于疫情危机的到来。它是这样说的："维拉，大道上的艳遇，你今日受世界的尊敬，噢，中国！噢，中国！大道上的艳遇。"这是共感、共体、共生和共时吗？这是文化间或跨文化对话的神奇力量：亏得维拉·玛利亚，这个圣保罗最传统最具民间特色的街区联合桑巴舞学校的灵机一动，中国得以出现在巴西的大道上。

来了又去，去了又来，去食堂吃饭，我可不能迟到！在最严峻的几天里，收盘的女士穿得像个宇航员，对制服十分宝贝，还会自拍。在那之后一个最为寒冷的下午，她忧伤地看向窗外，低声唱起了一首歌。我马上就听出来了：那是古老而悲伤的歌谣。她并不在意我，也不在意她的保安同事，后者正坐在桌边他应得的位置上，吃着午饭。就像电影演员所说，在静寂时刻，最美场景才可能被隐约窥见。从这儿，国际主义共同体的友谊开启了。我丢下羞怯，向我的保安同志和唱歌的收盘女士发出邀请，要给他们拍照。于我而言，收盘的女士俨然食堂的领导。

---

① 位于巴西里约热内卢市中心的特别游行区。

面包、白水与知识：我的心是共同体　5

PÃO, ÁGUA E SABER: MEU CORAÇÃO É COMUNIDADE

中关园食堂工作人员

　　只要一瞬间。因为我的邀请，他们很高兴。他们不像我的学生一样，知道黄金之鹰桑巴舞学校和维拉·玛利亚联合桑巴舞学校。但在我说"Wo shi Baxi ren"（我是巴西人），"Wo shi Beida laoshi"（我是北大老师）的时候，他们完全能够理解。

他们同样不知道,反正这也没有多重要,在北京这些艰难的日子里,我学会了敬佩他们,作为我的无名英雄,作为我的守护者。

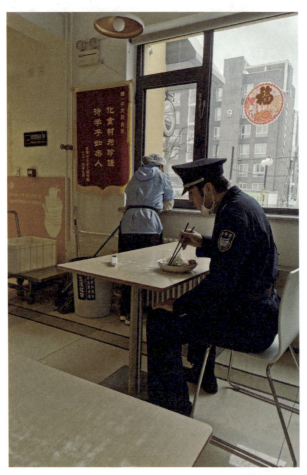

中关园食堂内

6

城市：多少时代？多少地方？

2020.3.6

每一处我们选择生活的地方都是一个时间的印记，是我们在这个星球上短暂的生命时间，也是我们个人或群体的记忆时间。然而，无论我们是否意识到，每一处被选中或是到访过

胡同里的天空 –Lúcia Anderson 摄

的地方，都带有时间长河的印记，带有延伸到失落的过去或是未知的岁月的线索痕迹。即便是已经灭绝的文化，那些堆砌起来的石头，或是劳动者双手偶然的创造，或是自然元素的恣意所造，都是难以辨认的记号。在教科书里，称之为"那个世纪""那个年代""什么什么时期"。

科技社会以几近失忆的速度，每一天都在创新的假象下计划着弃旧求新，我们需要标新立异，才能跟上它无用的节奏。学术上的标新立异不但正在其中，而且尤为特别。我们对逻辑解释的渴望以及对不朽的傲慢幻想，让我们无时无刻不在给同一样事物重新命名。但一些空间始终存在，它们蜿蜒的道路、荒芜的广场和污迹斑斑的墙壁通向幽深难测的重叠并置的时代。

在中国这种文明如此古老，疆域又如此辽阔的地方，旅行者总是会发现一种惊人的时间组合，铭记在不同的地点与风景中，雕刻在平日里兴冲冲地穿越全国的人们的脸庞和肢体上。在农历新年期间，这些人促成了地球上最大规模的人口迁移，然而这一过程在今年一月底遭到重创，被迫中断。

城市：多少时代？多少地方？
CIDADE: QUANTOS TEMPOS E LUGARES?

我继续追寻这些时间共存的迹象，来到市中心的安定门街区，那里有各种各样的商店和咖啡馆，还有无数条胡同。这些小巷、小街或是小径都十分古老，具有北京民众生活的特色，如今，它们则大多重新改造为旅馆和民宿、饭店或是西式咖啡店，变得时尚起来。它们主要还是私宅，是服务业、手工业和艺术家的工作室。这里，除去这段因讨厌的瘟疫而停滞的时间，其余的每一天都热力四射，胡同里全是人、快递员繁忙的自行车与三轮车，这就是中国商品流通的心脏。现在，一切都去哪儿了……胡同都封闭了，志愿者在入口处设置了门禁，现在只限持有通行证的居民进入。我跟着我处事机灵又有些厚脸皮的巴西朋友，向前走去。不要问我们怎么混进来的，我们置身于一条胡同里，或者说，一张胡同结成的网中：但又有谁会在这座迷宫里指引我们？毕竟这里几乎空无一人，路上没有可以跟随的人潮。突然，我们的临时导游闯了进来：是四只小猫，看起来被他们热忱的女主人训练得很好。还有一段鸟儿的合唱，以同一种节拍啼鸣，盘旋在小猫头上。这两个物种成为这座城市时间的主人。这

中国日记 / 一个巴西人眼里的真实中国
Meu Diário da China: a China atual aos olhos de um brasileiro

胡同入口

无疑听上去很振奋人心。

后来，我们又兴致勃勃地来到北海公园其中的一个入口。公园占地将近 70 公顷，环绕一片美不胜收的水域而建。湖泊被几座桥分为三个相互连通的部分：北海、中海和南海。它镶嵌在北京

城市：多少时代？多少地方？
CIDADE: QUANTOS TEMPOS E LUGARES?

胡同 －Lúcia Anderson 摄

的心脏地带，无疑是一张"北方之都"的明信片，这就是"北京"一词的直译。新的一站，没有训练有素的小猫，也没有成群的鸟儿。所有的通道都关闭了，我们被拦在公园外。一个大门前的志愿者一直带着笑：他们不习惯固执的请求，始终在拒绝，却又带着很诚恳的同情。我们照了几张照片，以壮观的湖泊边美好的落日景色为背景，简直能让人忘却这个国家正面临的艰难时日。我们已经不记得自己被拦在湖边了。因为，最终，北海和时代与道路重叠在了一起。

中国日记 / 一个巴西人眼里的真实中国
Meu Diário da China: a China atual aos olhos de um brasileiro

北海公园

许多人向紧张与偏执举手投降，然而中国媒体上的这则微小的消息却很不一样，令人觉得不可思议。几天前，配备着强力消毒设备的队伍来到武汉那个古老又庞大的市场，那里是疫情最初暴发的可能地点之一。他们发现，有一家四口，

城市：多少时代？多少地方？ 6
CIDADE: QUANTOS TEMPOS E LUGARES?

胡同

包括一对夫妇、一个女孩和一位老人在里面隐藏了几乎两个月。面对不顾孤注一掷的重重危险，不顾中国大众想象中数字 4（其发音与"死"字相似）所代表的凶兆，不顾所有导致市场关闭的明智警告，一个家庭不仅选择了躲在那里，而且,由于那里也是其中一个成员——据说是那个女人——的工作场所,所以,在那个巨大的、现在已经荒废的棚子里,她准备了一个房间,作为自己和家人的避难地和住所。

不,请把那些显而易见的疑问留在你心里吧。对原因刨根问底只能显示出鲁莽又傲慢。我们就到此为止吧。而且,与那些不幸的商人们相反,这一家人都很健康,没出现任何症状,在我所能见到的几幅图片中,他们无动于衷地走出了市场,朝那座饱受苦难的城市的方向走去。城市应该知道如何接纳这一家人,一如接纳所有武汉的孩子,一如接纳所有生活在这座中国中部城市的良好居民,所有汉水——这是长江最大的支流——的孩子。因为三月的阳光与河水能够通向更幸福的道路。

7

中国加油!(无需提醒)

2020.3.13

当西方陷入巨大混乱之时,世界卫生组织终于宣布新冠病毒为全球性流行疾病①,全球金融市场也像撒哈拉沙漠里的冰棍一样融化了。与此同时,中国似乎正逐渐从农历新年的休眠中苏醒过来,准备迎接新一年的周期与挑战。休眠只是表象,这么说吧:众所周知,熊科动物中唯一不冬眠的种类就是大熊猫。

在北京,这座"中央之国"古老而又现代的首都,街上已经依稀可见城市生活的运转,尽管还比不上平日里车水马龙的景象。

我又去了一趟万圣书园。除去戴口罩与测温等已实行数周的惯常仪式,店员姑娘还让我戴上一副医用手套,非常非常

---

① 2020年3月11日,世卫组织总干事谭德塞正式宣布新冠肺炎构成全球性大流行。

紧。你有试过戴着这种手套,用触屏手机完成支付吗?拜托,千万别尝试。在数排过道之间,除我之外只有一位客人。或者说两位,如果把那只老黑猫也算上的话。它喵喵叫着,在整家书店里昂首阔步,不受打扰。它是不是也和我一样因为咖啡厅一直关门而失落,毕竟它也要与最爱的软椅分离。黑猫在这里特别受欢迎,都是因为几十年前一个深受孩子们喜爱的卡通角色:黑猫警长。

而就在这条成府路上,很神奇,那一家友善的潮汕家族餐厅已悄然恢复营业。实行隔离后我只来过几次,今天我依然是

潮汕餐厅内

中国加油！（无需提醒）
GO CHINA! (NEM PRECISA AVISAR)

大堂里唯一的客人。店主全家人都认识我，很开心地招待我。门口水缸里的活鱼，由于疫情又获得了生机，活蹦乱跳的，看起来也很高兴。而墙上挂着的金字横幅"2020—Happy New Year"，现在看起来透着一丝辛酸与讽刺。但这阻止不了一位员工自创锻炼耐心的游戏：他把一根筷子当成剑，试着一次次将空瓶子击倒。它同样无法阻止店主一家和人数减少了的员工围坐在圆桌前，这是一起用餐的最传统方式。我的到来并不会打扰他们的盛宴。在这家空空荡荡的餐馆里，新年快乐的真诚愿望，此刻又有了新的含义。

之前疫情仅限于中国时，西方一些迷信、刺耳乃至歧视的声音，都预言这条亚洲巨龙会摔个

中国日记 / 一个巴西人眼里的真实中国
Meu Diário da China: a China atual aos olhos de um brasileiro

跟头。谁笑到最后，谁笑得最好？然而，中国人没有嘲讽他人不幸的习惯，他们总是清楚，全人类的命运是一体的。只有丧心病狂的不义政府，比如当下正折磨着我们巴西人民的那一个，才能轻视和忽视事情的严重性，要知道仅在中国就有超过三千人丧生。全球化的概念除去带来了金融市场指数涨跌的狂喜与沮丧，也应该帮助构建一种全球生态意识，把社会生态作为基础，履行公社（community 这个词最原始的含义）的使命。

在这里所能感受到的是，中华民族在数千年间建立了一种由挫折构成的文明，学会了耐心，学会了在加速行进的资本主义时钟之外等待。虽然他们辩证地接受了生产与扩大化再生产的交换价值学说，但人民的集体观念与国际合作的思想占据上风。中国盘算着自家利益吗？毫无疑问。但是在当代的世界版图上，中国成为世界和平的保障者。作为强有力的参与者，中国可以促进南北半球，不同地区和国家的地缘政治关系更加稳定。

中国人的耐心就像他们的皮蛋一样。我在小区小卖部里无意中买了一个。我的同事樊星向我

中国加油!(无需提醒)
GO CHINA! (NEM PRECISA AVISAR)

介绍了这种蛋:它要长期保存在特制的外壳中,里面混合了黄土、草木灰、石灰、食盐和淀粉等等。这难道不是人间美味吗?网上的那些视频称它为"臭蛋"或"坏蛋",都属于今日大行其道的数字化愚昧:基本相当于称葡萄酒为"烂葡萄汁",或者叫啤酒是"酸酵母汁"。樊星告诉我,她在坎皮纳斯州立大学的五年间,常常会怀念皮蛋。等我将来离开这里,或许不会如此思念它,但我确实很喜欢它精致的口感和样子——蛋白变黑,接近暗绿,透出几何图案。这种制作与保存蛋的技艺有着上千年的传统,对应农村食物匮乏的时期。和我们的面包、奶酪、培根以及发酵果酒的历史也没什么不同。

然而,如果等待意味着秩序,我总是会回到附近的北大食堂,和整个后勤团队打成一片。现在来吃饭的人已经多了一点,尽管还远远比不上去年秋天来排队的茫茫人海。那个景象真的已然成为遥远的回忆。食堂门口引人注目的公告总是难以错过,上面写着一句英文口号"Go China!",一旁是汉字"中国加油!"。图案是一颗红心,但走近了再看,则是一副口罩。在上方统摄整张海报的文字，内容很有号召力，高呼道："坚定信心，同舟共济，科学防治，精准施策。"海报贴在门口，不会打扰保安和我们的食堂女英雄的就餐。除了偶尔来拍照的访客，对海报最感兴趣的是一个小孩，他让行色匆匆的父亲

中关园食堂张贴的海报

中国加油!(无需提醒)
GO CHINA! (NEM PRECISA AVISAR)

给他解释这段话。墙的下方则是早先涂画上的树叶和蜻蜓。

蜻蜓,传奇一般的昆虫,无论是东方还是西方,都会让人联想起蜕变,夏季,和谐与吉祥。从它颤动的翅膀上,我们还会想到脆弱。但最终,占据上风的还是它的翅膀达到的神奇平衡。中国加油!无需提醒。

8

另一种全球化

2020.3.20

没错:世界在转,而且转得很快。两个月前,疫情在中国全国范围内以迅猛而可怕的速度成为一个人人看得见的现实。那时我们似乎陷入了不被中国之外的世界所理解的境地。对于像我这样的外国访客来说,仿佛在体验彻底的流放。

但是现在,情况发生了变化。在此我向坎皮纳斯州立大学的决策部门、老师和同学表示问候,他们面对疫情的严重性勇敢而迅速地作出了决断。在这困惑与痛苦的时刻,我还要向教职工和学生们,尤其是语言研究学院(IEL),表达我的支持。我能确定的是,这一切终将过去。只是要先照顾好自己,然后才能照顾好别人。

在中国,我们为疫情中心武汉自十二月以来确诊病例首次零新增而感到高兴。昨天中国的新增病例为34例,其中21例

另一种全球化

POR UMA OUTRA GLOBALIZAÇÃO

在北京。所有这些新增病例均为国外输入病例,主要来自欧洲。自从世界卫生组织正式承认大流行以来,意大利悲惨地领跑在前,成了新的疫情中心。

不能去我们最想去的地方,不能去原本为了工作、学习或情感维系而应该去的地方,这确实很糟糕。我们的城市被速度和普遍数字化的病毒所吞噬,仿佛键盘上只有"命令"这一个键:加速,加速,加速;消费,消费,消费。当战争一般的危险迫近,"停止"键造成了困惑、愤怒和恐惧。

我们需要再次向传统与原生的人民学习生存之道,学习重新迎接四季交替的希望。但无论从哪一个角度,无论看哪一处风景,世界都在经历着真正的社会环境崩塌,等待也许只意味着一个好梦,世界末日之前的"城市的幸福梦想"。异托邦这个词迄今只用于哲学或科学领域,但我已知道,这个词会逐渐在日常话语中占据一席之地。无论是哪个方面。

辩证地看,乌托邦的含义可能在于重新激励斗争,争取建立一个所有人类都能居住的世界。所谓全体人类,是指朝向一种人类的新概念开放,将类人(quase-humanos)[①]包纳其中的人。这个概念实际上尚未建立,也尚未将自身认同于此。我在

[①] "类人"是巴西当代印第安领袖艾奥顿·克莱纳克发明的术语,指代印第安人、被奴役者等并不全面享受人类权益的弱势群体。

这里改写了艾奥顿·克莱纳克（Ailton Krenak）^①的一些旨在推迟世界末日到来的思考，见于他去年出版的一本篇幅不大但思想十分伟大的书中。我在北京大学和我的学生们一起阅读了这本书，认为它可以启发我们在 2019 年末到 2020 年初对世界进行反思。当时谁都没有想到……

如今，远程教学已进行了六周，我们开始阅读米尔顿·桑托斯（Milton Santos）^②的作品。他是一位伟大的巴西黑人知识分子，来自巴伊亚州，是一位世界公民。在桑托斯离开我们的前一年，时值世纪之交，他基本上预言了接下来这不幸的 20 年里人类所遇到的困境。他对此有预感。作为城市地理学家，米尔顿·桑托斯始终将领土视为核心概念，在另外一本书中，他再次展开对乌托邦的讨论，那是尚且德不配位的人类的乌托邦。我说的正是他的最后一部作品——《为了另一种全球化》（2000）。

因为，面对去领土化的虚拟货币的大肆流

---

① 艾奥顿·克莱纳克（1953— ），巴西印第安领袖、环境学家、作家。
② 米尔顿·桑托斯（1926—2001），巴西地理学家，被誉为批判地理学之父。

通，我们必须再一次回看那块土地，那是我们离开的地方，是我们的出发点，而如果我们幸运，将会回到那里。在陌生空间的魔法中，有那么一种交通工具，在以前的地理课上，它总令我着迷。不，今天我要说的并不是高铁，那值得单独写一章。现在我只想说三轮车。

在现代平面设计艺术中，通过漫画家曹思予的画作，我们得以窥见三轮车的生动模样，这种交通工具完美融合了北京这座大都市的古老及现代。若是没有这些无可替代的各色三轮车的参与，北京及中国大部分城市的物品流通，快递、路边小摊、外卖、送水、垃圾回收、街道清扫，就不会有如今的速度，范围也不会如此之广。

虽然这些服务已适度恢复，但还不能进小

中国日记 / 一个巴西人眼里的真实中国
Meu Diário da China: a China atual aos olhos de um brasileiro

区,我仍然很想念那些三轮车。如今的三轮车基本都是电动的,有强大的充电系统,大部分时候都比较安静,除了它的系统警告音和启动提示音,那会折磨正巧在附近的人的耳朵。

我徒劳地寻找着三轮车。想在不经意间看到那位卖栗子的女士的三轮车,我梦想着能在春天再次见到她。若是运气好,也想看到小区小卖部那位女士的三轮车,然而她此刻正徒步向我走来。她向我打招呼,口罩也没能遮住笑脸,"你好!"这是中文里最普遍的打招呼用语,可以有很多种理解,然而我此刻最想听出的那种意思,

另一种全球化

POR UMA OUTRA GLOBALIZAÇÃO

即便是最慷慨的跨文化语言学家也不会认可。

三轮车是中国的无病毒之肺,在寻找它们的过程中,所有人都知道,待生活重新恢复了流动,它们会再次主导我们的城市风景。除了快递货物,也许它们还能传递其他什么。比如一个关于另一种全球化的梦。但这听起来着实抽象。所以我更愿意看到三轮车在安静而同步的曲调中经过,传达讯息与请求。

印第安人艾奥顿·克莱纳克和黑人米尔顿·桑托斯重新发现的乌托邦,在巴西-中国-世界这条线上——这是连接西方与东方最好的路径,能团结我们,赶走那些中了不学无术病毒的魔鬼,那些感染了巴西政府的宵小之辈。巴西共和国理

中关园小区内停放的三轮车

应实现它曾梦寐以求的各种美好梦想。在这众多梦想之中,有在 1988 年去世的亚马孙地区橡胶工人希古·蒙德斯(Chico Mendes)的梦,也有出身于贫民窟的黑人女议员、在 2018 年被杀害的玛里艾丽·弗朗哥的梦。因为,无论你们信不信,三轮车也可以飞,在空间的宽广无垠之中,在时间的诺言里。

9

我们在同一条船上，一个美好的民族在山坡上现身

2020.3.27

我们是否置身于同一条船上？

只有蠢货、现世毁灭者和邪灵才会反对出自科学、常识和责任感的建议。需要点出名字吗？很不幸，答案是不需要。毕竟，在各个大陆，在世界各国，当前有一个名字位列无可救药的恶人名人堂，他致命的小丑把戏和无尽的毁灭欲，正是被弗洛伊德及之后的精神分析学家称作"塔纳托斯"（Thánatos）的死亡驱动力。真是可耻！在以暴力展现对暴力的迷恋上，巴西已经超越了其他国家。不，现在不是做基本的精神分析的时候，此刻亟须清除长在共和国权力中心的这颗肿瘤，它对整个国家有着强烈的腐蚀性和传染性。这问题无法绕开。他是全世界的新闻头条。可耻！

然而，世界范围内的国际或区域团结，也说明盲目的全球化和新自由派的本质主义没能摧毁各民族间的友爱与人类的兄弟情谊。我的这个系列作品收到了众多反馈，其中来自中国朋友的部分最为感人。

比如年轻的高然博士，他研究巴西历史，近日在北京大学完成了一篇优秀论文的答辩，主题是巴西抵抗军事独裁和建立社会民主斗争中的解放神学。他评论说，我提到了三轮车，令他怀念在故乡小城宝坻度过的童年。在四轮的出租车出现之前，那里的客运都由这种三轮车承担。

这也可以对应我的行旅，我自己也曾坐在人力三轮车上，漫游那些仍沉浸在过去的城市：连绵群山和巨湖间的壮丽大理；孔夫子的故乡曲阜；坐落在古运河与无可匹敌的园林间的绝美苏州。但这些回忆也让我充满思念，好像那都属于非常遥远的过去。已经跨过了连续管控第二个月的节点，对时间流逝的感知混乱起来。那些空间，那些最美、最遥远的地方，变成记忆之流中清晰又逐渐消失的图画。

我还想提起我亲爱的同事范晔两周前发来的

我们在同一条船上，一个美好的民族在山坡上现身
ESTAMOS NO MESMO BARCO E UM POVO LINDO SURGE DAS LADEIRAS

9

风趣信息，他是北京大学西葡语系主任，也是哥伦比亚作家加西亚·马尔克斯与智利作家波拉尼奥的译者。两周前，他给我发来一张动画片《黑猫警长》主角的漫画，画中的黑猫警长毫不畏惧地与蝙蝠侠对峙。

但不要抱有幻想，抗击新型冠状病毒，最好是继续依靠以科学与共享知识为基础的国际团结之网。北京时间今晚，即坎皮纳斯时间今天早上，我收到了亲爱的马琳发来的新冠肺炎防治指南。该指南由在湖北最艰难时迎击病毒的医学权威人士编写，并以创纪录的速度在这里以英语出版。马琳硕士与博士阶段就读于坎皮纳斯州立大学文学理论与文学史专业，也是一位可敬的巴西文学中文译者，目前在北京大学做博士后。我已经在巴西的同事、朋友和学生之间分享了这份指南。

但我最希望说的是，为了更好地抗击新冠肺炎，中国会向巴西提供有效援助。巴西东北部有九位州长直接向中国大使馆提出求援，北部又有数位州长响应，这些请求一定会得到回应。按照中国文化中赠礼时最考究的礼节，这些人道主义援助物资（口罩和设备）也许会附上几句诗，可能来自某个巴西诗人，与其他人一同，申明地球上人类和其他生灵的路只有一条。我们在同一条船上。灾难到来的迹象已非寥寥。

比如，在意大利的米兰，略早于一周前，已有40万只口罩和17吨医疗设备抵达。这批捐赠物资来自小米公司，该公司位

于北京，是科技与电子产品行业的新星。在米兰马尔彭萨机场展开的横幅上，用意大利语写着斯多葛学派哲学家与诗人塞涅卡的诗句："我们是同海之浪，同树之叶，同园之花。"[①]此刻，这句话的涵义毋庸置疑。

  这一周，依然通过远程教学，我在北京和学生们研读了很多文章，其中包括《边缘食人主义宣言》(*Manifesto da Antropologia Periférica*，以下简称《宣言》)。《宣言》由诗人塞尔吉奥·瓦斯（Sérgio Vaz）于 2007 年发表在他创立的组织"边缘艺术家协作体"（Cooperifa）的准则中。他在开头写道："用爱、痛苦和肤色，边缘把我们联合起来。从窄街陋巷里，向着惩罚于我们的沉默，会有呐喊声传来。看吧，一个美丽而智慧的民族在山坡上现身，与过去背道而驰。"《宣言》结尾是大写的呼喊："一切尽归我们！"中间则指出一条道路："团结起来的边缘，在一切事物的中心。"

  我们是否身处同一条船上？

---

  ① 事实上，这段引用已被指出来源不明。更为详细的相关评论，参见本书第 14 篇日记《北京猿人和〈世界〉：在时间的回转里》，我在该文中回应了读者宝拉·桑托斯，她是葡萄牙阿莲特茹区贝雅城图书馆管理员，给我写了封友好的信，对塞涅卡这几行诗来源的缺乏提出了质疑。她说得对，尽管这些句子与斯多葛学派的观点十分相符。——原注

10

如果这条道路,如果这轮月亮,如果这场战斗属于我们:重生之城的共识

2020.4.3

两个多月的半封闭状态后,北京试探着回归它的常态。一切都迎来了春天,最近几天里,城市的风景飞速变化:花朵开出五颜六色,鸟儿唱出婉转悠扬,孩童玩着不同的玩具,一位独奏者吹起中式笛子,某处的窗边有一位钢琴家,按下犹犹豫豫的琴键,大家都试图从新冠病毒那里夺回自由活动与交往空间。小心谨慎和限制措施还明显可见。但生活回归了,甚至更有活力。

又一次听到了这座大城市特有的声响与噪音,真是太好了!现在,就连那些快递车上播放的提醒录音也十分令人喜爱。城市,除了地图上绘制的躯体,也应该拥有灵魂。北京的灵魂就在理智与心灵之间某个不可捉摸的一点上勾勒出来。

很多读者与记者持续关注我这些文章，在此，我非常高兴地提到定期出现的尊敬的翁怡兰女士。大家还不认识她，我介绍一下：她是纪录片佳作《歌唱人生》（*Canções em Pequim*，2017）中的首位口述者与歌者，而这部电影是圣保罗电影制片人米莲娜·德·莫拉·巴尔巴（Milena de moura barba）在北京电影学院的硕士毕业作品。你还没看过这部电影？赶快去找来看，别错过，这部片子必须得看！这部纪录片全部在中国拍摄，翁女士出场的镜头从一开始就让人意想不到：她没有唱中文歌，而是轻轻地哼起葡萄牙语："如果这条路，如果这条路是我的……"①就这样安静地唱到最后。随后，她讲述道，20世纪60年代，她在北京广播学院学习葡萄牙语，成为令人怀念的马拉老师的学生。马拉老师来自圣保罗，是在中国教授葡萄牙语的先驱，培养了大量记者与外交官。她本人曾先后任职于中国国际广播电台与外交部。

她是我文章的热心读者，我对此倍感欣慰。她总带来明智

---

① 一首流行老歌，词曲作者不详。歌词如下："如果这条路，如果这条路是我的 / 我就要下令，下令铺上地砖 / 用小石头，用亮晶晶的小石头 / 让我的，让我的爱人走过 / 这条路上，这条路上有一片树林 / 名叫，名叫孤独 / 树林里面，树林里面住着一个天使 / 偷走了，偷走了我的心 / 如果我偷走了，如果我偷走了你的心 / 那是因为，那是因为我很想要你 / 如果我偷走了，如果我偷走了你的心 / 那是因为，那是因为你也偷走了我的 / 如果这条路，如果这条路是我的 / 我就要下令，下令铺上地砖 / 用小石头，用亮晶晶的小石头 / 让我的，让我的爱人走过。"——原注

如果这条道路，如果这轮月亮，如果这场战斗属于我们：重生之城的共识
SE ESSA RUA, SE ESSA LUA, SE ESSA LUTA: COMUNHÃO DA CIDADE RENASCIDA

的观察与宽容的理解。当道路又重新属于我们，该对它做些什么？是在复原的心灵上开启新的轨迹，还是重复每天自动走上的异化之路？

由于在中文里，"r"和"l"在语音上区别不大，我们可以将这条梦中的道路想成是月亮隐秘的一面[①]，毕竟中国国家航天局在一月初纪念了嫦娥四号任务完成一周年。为什么不能带点什么给街区的新月之夜呢？又能带给它什么呢？在这里，只有能为我引路的小猫领着我走在四合院与灌木之间的道路上。如果这轮月亮是我的呢？

在三天前重新开业的月亮美发店里，三个月过去了，我终于能修剪一下头发了。戴口罩、穿特制服装，就像是在地球上的宇航员，构成了新的日常。玛丽莲·梦露在海报上向我致意：还会有比这更令人满意的接待吗？这家美发店不分性别，但这回只能每次接待一位客人。仿佛这样还不够，嵌在镜子下方的平板电脑屏幕上，在一张美容广告里，克里斯汀·斯图尔特正对着我。这样不行，什么发型都扛不住。太空旅行者一样迅捷的团队结束了一次北京式的理发，他们表示感谢，并希望照一张合影。我觉得月亮降落到地球上了，现在新年刚开始，这场世界性的悲剧标志着崭新的历史时期。

---

① 葡萄牙语"道路"为 Rua，月亮为 Lua，差别仅在于首字母。

中国日记 / 一个巴西人眼里的真实中国
Meu Diário da China: a China atual aos olhos de um brasileiro

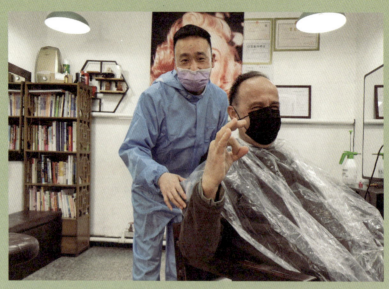

哈德曼教授在理发

理发店内

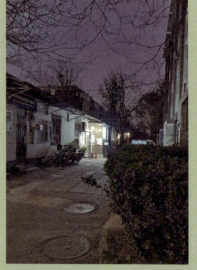

理发店外

面对这一情景,必须要更加脚踏实地。因此,在去月坛之前(我在地图上查了一下,它坐落在北京的偏东北方向),我听从一位女性朋友的推荐,先在昨天参观了地坛,地坛位于北京中心城区的一个美丽的城市公园里,建于1530年,是明代建筑。在它的花园里,有阳光与微风,地球给了我们多么幸福的午后!在这里,只要购买

地坛公园

地坛公园

1.5雷亚尔的门票，就能看见秋叶与春花，这些东西中国人特别喜欢画下，或者拍照，或者只是单纯的欣赏。在这里，很多人踢毽子、挥球拍、打球，两人一对，或四人一组，在这方面，中国人同样技艺高超。

如果这条道路，如果这轮月亮，如果这场战斗属于我们：重生之城的共识
SE ESSA RUA, SE ESSA LUA, SE ESSA LUTA: COMUNHÃO DA CIDADE RENASCIDA

在中间，在旁边，一群小孩戴着口罩，脚踩滑板，神奇地舞动于青翠的道路与半轮月亮之间。傍晚的晴空中，月亮已不可一世地显露。孩子们用小木棍和水桶吹起巨大的肥皂泡，对老人和婴儿而言，从生到死，昙花一现。孩子们在和煦微风的吹拂下放飞风筝，这是这片土地上的另一项特长，非常难找到对手。

庙宇和祭坛仍然关闭着，但好像没有人介意。现在，能在户外散散步就足够了，可以踏在热情好客的土地与畅通无阻的道路上，有这个月亮就够了，它意味无穷，从不藏着掖着：在地坛，农历新年传统庙会举行之地，月亮的突然显现也许是一种吉象，祝福着为新世界而进行的战斗——一个更加平等也更加团结的新世界。

要为新的道路而战斗，这样，边缘才会重置为中心。要去重建那些道路。要将我们这一物种从地球母亲那里偷来的心归还给她，只有这样，在这场孤注一掷的战斗中，我们这个物种才能变得高贵，甚至也许有一天可以自认为是真正拥有人性的人类。或者这只是城市的一个共同的梦。月亮出来了！

11

丹东桥上的两滴眼泪

2020.4.12

80 天的耐心与等待。如今阳光明媚,鲜花盛开,有轻盈的飞絮,有不安分的鸟儿,宣布一切转生皆有可能,没有一只羔羊会毫无意义地牺牲。有许多赐福的果实,而孩子们身上则充满希望,他们步伐急促地跑出家门,寻找附近舒适宜人、明亮安全的空地。

在北京,有重启生活的渴望。有种期盼,希望在寻求全球永久和平的过程中,人类变得人性、团结、有机。正如一位哲人①梦想的那样。在昨日与今天,世界上的恶人恶行摧毁了这种和平,同样的事情也发生在当下,发生在我们不公正、不平等、被挥霍殆尽的巴西。巴西的心脏已经满是伤痕,来自匪徒的劫掠、蠢货的削割、小人的分裂,也来自那些心怀恨意的军

---

① 指康德。

丹东桥上的两滴眼泪
DUAS LÁGRIMAS NA PONTE DE DANDONG

11

官和那些变成玩偶的长官。所有这些可悲怪物的丑恶,一定会化作尘埃,堆积在真实的守护者开辟的大路上。

然而,在这里,有种回忆的欲望,它记住了一个共和国的崇高时刻,远在这次病毒大范围暴发之前,这个国家在斗争中成为人民的共和国,就连这场与病毒的战斗都具有史诗般的基

丹东

调。因此,尽管在这个越来越快乐的城市里,我已经可以自由地在它喧闹的街道上散步,但我还是待在家中,回想我一月份之前所做的旅行。在时间和空间上,这些旅行遥不可及,然而在照片的翻阅中,在鸭绿江深邃的江水中,在历史艰难地向我们索取的同情心中,依然能够触碰它们。丹东为我们展现了两

丹东

座桥：鸭绿江断桥——一座朝鲜战争的开放式博物馆，还有那座重修后的完好桥梁，它代表了中朝友谊，呼唤着通向和平的道路。如果说如今的和平岌岌可危、悬而未决，那么这座桥像一道投影，展示了一条有可能实现的道路，足以令所有人共情互通。

丹东

那时是 9 月末。在 10 月 1 日，举国欢庆中华人民共和国成立 70 周年。从北京到丹东，我旅行了大约 700 公里。丹东位于辽宁省东部，是一座与朝鲜接壤的城市。我认识一位在丹东的李姓学者，他是博洛尼亚大学国际法博士和博士后。大约 7 年前，我们相识于博尔哥·帕尼加莱大学公寓，乔尔乔——他的意大利语名字——和我讨论了当今世界的困境，同时我们还在阿佐·加尔迪诺街的电影资料馆里，重新观看了安东尼奥尼的杰作《中国》（1972），其中有一些独特的北京风情画面，那些景象如今已全然不同。

在这座边境城市里，连绵的鸭绿江水横穿而过。鸭绿江长达 1400 公里，发源于神秘的长白山，流入黄海时形成一个三角洲，隔开了中国与朝鲜。10 月初的白天与夜晚都很美丽。人们可以在江边的广场上不知疲倦地散散步，看看一系列热闹的商铺与小贩，边境线上的这个地点如同磁铁一般吸引着他们。人们也可以在断桥上散步，这座断桥是 1950 至 1951 年期间美国人轰炸的残迹，那场轰炸残酷地折磨了这座城市，试图借此阻止中国人参战。中国人那时才刚刚走出另一场

丹东桥上的两滴眼泪
DUAS LÁGRIMAS NA PONTE DE DANDONG

11

漫长的战争,驱逐了日本侵略者,见证了中华人民共和国的诞生。丹东老桥断裂的遗迹总共 940 米长,令人回想起守护着鸭绿江的万千死者,它还是一座露天的公共博物馆。旁边,往北大约 200 米的地方,矗立起了一座新的桥,那座桥也被轰炸过,但是得到了重建,可供火车、卡车和汽车通行。晚上,灯光投射出瑰丽的色彩,同样是在庆祝国庆。远远能看到河的另一岸,寂静的建筑凸显了神秘,那是朝鲜的新义州市。

在我的朋友李先生的帮助下,我得以乘船畅游流经城市的这一段鸭绿江。但论起激动人心,什么都比不上江边的夜间散

丹东

步。一天晚上，在现烤的玉米棒之间，在一群群小贩和行人的脚步之中，我观看着彩色光线在新桥桥拱上的变幻，此时我遇到了两个人，直到今天，我依然能想起他们唱的那奇异而又有人情味的歌曲。

其中一位是患有唐氏综合征的少年，在此，我把他称作"很好"，他唱的曲子古老而又悲伤，不过很适合乞讨。他用绳子牵着一辆木制小车，载着他的母亲。那位女士大约50多岁，身体瘫痪，拿着一台老收音机和一个用来装钱的小罐。我现在回顾一下那个场景：伴着"很好"悲伤的音乐节奏，他们在色彩斑斓的大桥广场上来回来去地行走。起初，他们似乎被许多人冷漠以待，之后发生了变化，仿佛所有小贩都很熟悉他的音乐，三位女士走近了小车，施舍了一些钱，妈妈收下了钱，而"很好"唱得更响了，作为回报，他几乎是在尖叫，那是一种超越了牺牲的乞讨，一种在短短一瞬间就能理解的欢乐。

我有些犹豫，却也深受感动，在那个拥有悠久历史的河岸上，我是唯一的西方游客，尽管我知道这种行为在这个共和国的社会关系里不太常

丹东桥上的两滴眼泪
DUAS LÁGRIMAS NA PONTE DE DANDONG
11

见，评价也不太好，我还是害羞地靠近，并捐助了点钱。在那一晚，这个共和国庆祝着20世纪历史上最伟大的成就：建立了一个革命的人民政权，今天，在动荡的21世纪，它无可争议地成为大国——非殖民主义、非种族主义、非帝国主义的大国。

那位母亲温柔地看向我，并以一句"谢谢"向我表达了感激，和着"很好"那首奇怪的歌曲，超越了一切客套。这首曲子唤起了鸭绿江里万千死于朝鲜战争中的亡魂。那位母亲又在她的收音机上放了另外一首小曲，在我看来那如同是一个告别，一个有缘再会，一个"我们人人平等"。然后我哭了，因为应当哭泣。

丹东

歌唱和哭泣都是有理由的,这是因为巨大的同情,属于所有为了苦难者的权益而牺牲的耶稣,属于所有预见了和平与善好的穆罕默德,属于所有为了反对越南战争而殉道的佛陀。我们这一代见识过这种同情,并且再也无法忘却。因为它就是如此:要么复活节属于那些一无所有的人,要么复活节就什么也不是。"很好"清楚地知道这一点,因为他成长于那个充满了哀痛与光明的角落。他的母亲清楚地知道这一点,因为她在丹东的桥梁上,已经拥有了许多恩惠:一辆小车、一台沙哑的收音机和一个最好的儿子。

12

我的热带中国

2020.4.17

中国人躺在田野上。

田野是蓝色的,也是紫色的。

田野,世界与万物带着一个中国人的气息。

他躺着,睡觉。

怎么能知道他是不是在做梦呢?

(卡洛斯·德拉蒙德·德·安德拉德,《田野,中国人和梦》,1945)

难道是一场梦吗?已经过去多久了?去云南的高铁票就在手边,那是中国最南部的省份。我还有云南省会昆明和景洪间的往返机票,景洪是个充满活力的小城,位于昆明以南700公里,是傣族聚居地西双版纳自治区的政府所在地。

中国日记 / 一个巴西人眼里的真实中国
Meu Diário da China: a China atual aos olhos de um brasileiro

云南

　　一切似乎都已十分遥远。然而，票据却告诉我仅仅过去了三个月。唤醒我记忆的是湄公河畔旅店的老板娘克里斯蒂娜，这几天她给我发了一个视频，里面是一场欢乐的鼓会。是的，一群人快乐地围着一张巨大的桌子，唱歌、饮酒、演奏、敲鼓。她的女儿——看起来已经融入这场音乐会中,——已经两岁了。是的,现在我想起来了。这是泼水节,洒水,喷水,拍水,泼水。都湿透了。傣族人从 4 月 13 日开始庆祝这个节日。它源自印度教,却完全被东南亚的佛教徒吸收。

云南

在云南，这一节日在人们的日历里占据着特殊的地位，人们快乐地庆祝，在瑰丽自然的鼓点中吐息着音乐。景洪，南方的南方，距离缅甸和老挝的边境仅有几公里。而那里离北京超过三千公里。

河边的集市一望无际，在那儿什么都能找到——手工艺品、衣服、器具、食物，忽然间我就置身于巴西东北部大型集市的乱哄哄中。但这是在中国南方，在神奇的湄公河无垠的夜色中，有许多色彩、光线和亮丽的身影。湄公河的字面意思是

云南

我的热带中国
MINHA CHINA TROPICAL 12

母亲河,它在老挝与泰国之间的某处,看见闪亮的火球从水中射出,在空中绽裂。在景洪,我穿过一座巨大的桥梁,看到摩托与三轮的舞蹈,它将我送回到了越南,回到了重生的胡志明市,我在那里看到过由摩托车组成的最美丽的夜间舞

云南

蹈，一场切分节奏的芭蕾舞，来自一群历经战火之后平静祥和的人民，就在这条湄公河的三角洲附近。如今湄公河深受各种残害，鱼群逃离，垃圾堆积如山。

然而，在云南，在这个广袤多元省份，提供的食物和饮品却不同寻常的充足与多样。省会昆明与西边美不胜收的大理都是如此。大理镶嵌在一个山谷中，坐落于巨大的洱海和苍山之间，苍山一路绵延直至西藏。在大理，佛教的存在令人瞩目，例如在无与伦比的三塔寺中。围绕着这一区域，古老的街区分散开来，从城市过渡到乡村。我正是在那儿乘上了天凤——一个车夫团队——的三轮车，去挑战那股最急的寒风，任由它拍打在脸上。空间的浩瀚中，时代林立，而这条路属于所有来此冒险的人。大理不让人思绪联翩，大理不搭理你。

在那些幸福的日子里，没有病毒，也没有恐惧。那是一个寒冷的冬天，却阳光明媚，以至于能够徒步穿行于昆明地区石灰岩森林组成的石林地质公园。它令人着迷，因为这类东西提醒我们，地球的历史比我们这个傲慢的物种要古老得

云南

多,并且,作为全球资本主义遵奉的自杀式疯狂的后果,这样的沙漠森林可能会很快出现,除非从冠状病毒的废墟中能出现一个新的国际制度,有能力将生态文明、积极的社会团结和国际多边协作结合起来,超越大公司及其救星——商品世

中国日记 / 一个巴西人眼里的真实中国
Meu Diário da China: a China atual aos olhos de um brasileiro

云南

界——的陈词滥调。

　　西双版纳，名字悠长，情怀深广。三岔河自然保护区里，几乎一切都和亚马孙湿润的丛林一模一样，除了那些著名的访客——野生大象，如今它们已十分稀少。勐仑镇的巨型热带植物园是许多写生者和画家的舞台，以其古怪至极的亲切感和至高无上的美与我们碰面。我的热带中国就是这样一幅景色，处于饱满而缓慢的运动中，激荡而安逸，喧闹而宁静。它留在身后，留在下方。但一直默默居住在我的心里。

我的热带中国
MINHA CHINA TROPICAL

Saudade！① 我一向反对将不可译的卢西塔尼亚本质主义归结于这个词的那种神话。所有翻译，所有背叛，所有文化转换永远都将是可能的，仅仅需要一个交换的姿态，一种对平等共通的渴望。

我的热带中国与吉尔伯特·弗雷雷（Gilberto Freyre）理想化的热带中国如此不同，弗雷雷将它限定于混血、葡国热带主义的巴西内部，将其放置在转换了阶级视角的传说中，把视角从一种"亲切的"②家长制转换到了"华屋"③里，该设想带有一种最糟糕的葡萄牙脉络，受落后的萨拉查④殖民法西斯主义启发而来。严格意义上来说，它们都是"中国"的反面。

弗雷雷，伟大的伯南布哥学者与散文家，他在 1959 年为

---

① Saudade 是葡萄牙文学史和思想史上一个特殊的词汇，意思为"思念"，但这代表着一种复杂的情感，囊括了对不可追的昨日快乐的记忆与怀念；对现时无法重温过往的遗憾；以及对在将来回返幸福过去、获得最终救赎的期待。

关于这个词不可译的"神话"，可能是来源于葡萄牙浪漫主义作家阿尔梅达·加雷特。加雷特认为这个词所表现出的理念和情感，各国人民都能感受得到，但是除了葡语之外，他并没有在其他语言中见过具体指称的词汇。

② "亲切之人"（Homem Cordial）是巴西历史学家、社会学家塞尔吉奥·布阿尔克·德·奥兰达对巴西人性格特征的概括。"亲切"是巴西人的典型特点，优先考虑感情关系而不是理性，并从家庭带入了社会之中。

③ 指弗雷雷最负盛名的作品之一《华屋与棚户》（*Casa Grande e Senzala*）。

④ 安东尼奥·德·奥利维拉·萨拉查（António de Oliveira Salazar，1889—1970），葡萄牙独裁领导者。

云南

一家学术杂志用英语写下文章《为什么是热带中国?》的第一版。1971年,这篇文章首次以葡萄牙语出版,收录于巴西丛书中如今已经成为经典文集的《热带新世界》,最近在爱迪森·内里·达·丰塞卡(Edson Nery da Fonseca)杰出的编纂下这篇文章得以再版,在2011年,丰塞卡将它和弗雷雷的其他"东方主义"作品一起,收录进一本叫作《热带中国》的书中。弗雷雷认为文化之间存在深刻的相似性,他提议让巴西选取另一种命运,与热带葡萄牙主义相调和,同时与北美的有限自由主义、当时已经日薄西山的欧洲中心主义保持距离,在不知不觉中,吸收东方留给我们的一切。

在我看来,或许我们可以尝试相反的不一样的道路,无需畏惧宽广的田地、遥远的路途、陌生的语言,或神秘的窃窃低语,也无需害怕那些邀请我们驻留的梦境。或者,用那位诗人的话来说:

倾听大地、云朵。/田野在睡觉,变成一个中国人/他柔软的脸庞依靠在/时间的空洞之中。

(卡洛斯·德拉蒙德·德·安德拉德,《田野,中国人和梦》,1945)

13

蝙蝠与我们

2020.4.24

有一件事可以确定：新型冠状病毒流行给全球社会经济和医疗系统带来的严峻挑战，将开启一个新的历史阶段。新自由主义的预言家们将不得不夹起尾巴。很多人已经缄默不言。其他人即便依然大放厥词，未来也必会闭上嘴巴。

对于能看清各种企业和政府试图散播的假象的人而言，如果说由于战争、环境崩溃、种族、宗教和政治迫害，此前的世界已是七千万跨国难民与国内流离失所者一场漫无目的的流散，那么，根据联合国、国际货币基金组织、欧洲中央银行等可靠机构的预测，这一数字将在近期达到上亿人。全球经济已出现的衰退会更为严重，相当于或更甚于1929年危机或第二次世界大战后的情景。

我们又将如何？如果说此次大流行也是全球社会环境危机

的结果，是人类向森林和野生环境进行掠夺的结果，那么，对这场近年来人类与其他动物的生物学互动中最严重的破坏，很难预测会造成什么后果。

还有时间与空间留给新的认知吗？很难预测。实际上，对于这种无度的消费主义，对于如亚马孙丛林的畜牧业这般掠夺与过度开发基本生态系统的行为，对于破坏巴西塞拉多①整个生物群落的无节制蔓延的大豆种植，造成其他哺乳动物感染的大规模养殖业，令众多物种灭绝的捕猎，破坏山岳、河流、森林的采矿，作为20世纪最大的恶并在21世纪造成悲剧性后果的石油，污染许许多多江河湖海的塑料文明，都不可以再以任何借口开脱。我们不能再无视土生聚落不断被摧毁、最后的领地不断被破坏的现实，对于普遍性与群体性至高的公共健康政策，也不能再行抵制或拖延。

不能再继续相信金融投机与虚拟资本造成的

---

① 塞拉多，南美洲最大、世界上生物多样性最丰富的热带稀树草原生态区，核心生物群落区位于巴西中部高原。占巴西国土面积的21%，仅次于亚马孙雨林。

债务螺旋,它没有任何生产性和环境性的压舱物。面对通过谎言、各种宗派主义、自恋式的自我增生和"精英对民主的背叛"(克里斯托弗·拉希)的生产与再生产而强加给人类生活的商品景观,面对被企图以威权甚至极权形式统治大众的装备精良的团伙用颠覆式甚至法西斯主义手段占为己有的数字科技,面对"至小的我"(仍是拉希)转化成至大的异化气泡①,面对所有这一切,不能再装聋作哑。

我们不能再把地球丢弃给谋杀者,不能再把穷苦的人丢弃给不幸,这本非是他们导致。必须巩固国家和多边机构,以保障人类生活和地球生态系统高于其他一切事物与利益。必须在其外延与后果中重新理解并实践包含在词汇"合作"与"再分配"中的理念。

---

① 在这一部分,我参考了美国历史学家和文化批评家克里斯托弗·拉希(1932—1994)的研究成果,尤其是以下作品:《自恋文化:期望消退年代的美国生活》(1979)、《至小的自我:艰难年代中的精神残存》(1984)、《精英的反叛》(1994)。——原注

蝙蝠与我们
O MORCEGO E NÓS

13

有时间与空间留给我们吗？我们不知道。希望此刻我们拥有组织并拥有应对这些挑战的意愿。我知道意愿很强，最大的问题似乎仍是它的四分五裂。不过，也许并非出自本心的隔绝不能产生从内心而来的愿景，将一切重新连接？也许内生之物可以照见外部，外物又能与内心之物连接？

在广袤中国的十二个不同省市，我的学生还在努力学习。一切都是远程，但一切又近在眼前，因为心有所动，身体以行动回应。春色正好，在北京，我们的校园空旷封闭。劳动节和五四青年节盛大的纪念活动之后，学校会开放吗？各个群体，包括教职工和学生，都希望如此。

书页过眼，思绪纷杂。北京师范大学学习葡萄牙语、西班牙语、德语等语言的学生，录制了表示支持的短视频。这一行动得到各方仿效。我在北大的学生读了我推介的所有内容，他们的反馈常常令人惊喜又感动。教学是孤独的行为，目前更是彻底，很少能像这样得到充分的补偿。在巴西众多作家中，我挑选了东北部帕拉伊巴州伟大艺术家奥古斯托·多斯·安若斯[①]的几首诗。班上的学生回复得很快，他们发来的分析和评论让我情不自禁地打了高分。在这迅疾的往来中，诗歌总能带来思考。

[①] 奥古斯托·多斯·安若斯（1884—1914），巴西诗人，被认为是巴西前现代主义时期最重要的诗人，其作品中已经有象征主义特征出现。唯一一部诗集《我》出版于1912年。

会不会有一只蝙蝠，背负起这份蜷缩于午夜房间里的吊床上看似沉睡的人类良知？除了自诩成为那个已被我们亲手杀死的自然的主人，我们还有什么比蝙蝠更重要的东西？难道依然会无人察觉？我们还能寄希望于逻辑和价值观的反转吗？"人的良知就是这只蝙蝠！／不管我们做了多少事，夜里，它都会／不被察觉地进入我们的房间！"（奥古斯托·多斯·安若斯《蝙蝠》，选自《我》）

14

北京猿人和《世界》：在时间的回转里

2020.5.4

唯一确定的是，我还在这里，而且会滞留很久。除了钟表和日历，还有哪些标记时长的讯号？

是面对不断上升的新冠病毒感染人数曲线，记录着化为数字的亡者，拥有挣扎在显而易见、谎话连篇和曝光欲中的冒牌专家，却依然傲慢无礼的西方吗？是继续操弄虚妄哲理的哲学家吗？是还在摆弄无关图表的经济学家？是网上进行着空洞对话的社群？还是已经不再掩盖无效治理本质的统治者？最让人难过的事莫过于看着世界在混乱和傲慢中崩塌。

但没有忘记。今年5月1日，我乘地铁坐到国家图书馆站，试图拥抱春日32度左右的暖阳。我走进紫竹院公园。北京有多少公园已重新开放了啊！紫竹院美得很特别，它有一个巨大的湖，湖面撒满了小岛，名字充满诗意，比如青莲岛。游玩的人

中国日记 / 一个巴西人眼里的真实中国

Meu Diário da China: a China atual aos olhos de um brasileiro

紫竹院

紫竹院

北京猿人和《世界》:在时间的回转里

O HOMO PEKINENSIS E O *MUNDO*: NAS VOLTAS QUE O TEMPO DÁ

里有几世同堂的大家庭,有夫妻、学生、工人。他们在垂柳的树荫里,或是在花桠满枝或是满目青葱的树下野餐。我想着公园的延续,想着时光的回转。

12月份的时候,我去了一趟山东曲阜。它坐落在中国东部,是孔子的故乡。我和一位叫施若杰(José Medeiros)的同事同行。他是政治学家,侨居中国十二年之久,也是浙江外国语学院的老师。在这个国家为闲暇的游客奉献的无数美妙的惊喜之中,我们路上看到的一幕尤令我们叹为观止。这并非为旅游或节庆准备,只是日常的场景,或许已延续了千年。当地一位女性居民正推着以铁为轴的古老的人力石磨,碾磨谷粒。石磨矗立在道路上。这一场景中的乡村生活,仍保持着自己的环节、形式和节奏。

和中国其他城市一样,曲阜的发展日新月异。但使用古老石磨的传统却保存了下来。读过《乡土中国》一书的人并不会对此感到惊讶,这是社会学家费孝通先生所著的中国现代社会学的经典(上海,1947),英文译名为 *From the Soil: The Foundations of Chinese Society* (1992)。当中国文明

中国日记 / 一个巴西人眼里的真实中国
Meu Diário da China: a China atual aos olhos de um brasileiro

推磨女人

发展到城市与工业及技术发达的时代时，却依然保存着根深蒂固的乡村特点，在中国不同地方，每天都可以观察到。

因为常年在城市居住，乡野风景总以它濒临消亡的忧郁信号吸引着我。在一些意想不到

北京猿人和《世界》：在时间的回转里

O HOMO PEKINENSIS E O *MUNDO*: NAS VOLTAS QUE O TEMPO DÁ

的地方，时光之磨重新转动。因此，当我收到读者宝拉·桑托斯（Paula Santos）的来信时，感到非常欣喜。她是葡萄牙阿莲特茹区贝雅城的图书馆管理员。作为爱书之人，宝拉试图寻找我在之前的随笔中引用的诗句出处。那几句诗为"我们是同海之浪，同树之叶，同园之花"，作者是塞涅卡。这件事之前已在网上发酵。我找到了一些资料，其中，记者佩佩·埃斯托瓦尔（Pepe Escobar）的一篇文章《现在所有人都是斯多葛派》中，我找到支撑的说法。这篇文章刊登于《亚洲时报》，后来又转载

穿汉服、诵《论语》

于巴西新闻门户网站"Brasil 247"（2020/03/20）。为了回应友善的宝拉·桑托斯，我又查阅了新的参考资料。我发现塞涅卡的署名是一个国际性的广泛错误，很多人都犯过错，包括中国小米公司的团队。当该公司捐献的上万吨抗疫用品运抵米兰时，箱子的贴纸上书写了这句话，象征两国人民的友谊。很多意大利人也弄错了署名。根据索菲亚·林克斯（Sofia Lincos）2020年3月12日刊登于queryonline.it上的文章，这一切都始于维罗纳某个公园的一个牌子，在这些诗句底下，刻着"灵感来源于塞涅卡"。毫无疑问，它的大意看起来和斯多葛主义完全吻合，只是出处不明。让我们向宝拉·桑托斯致以诚挚的感谢。

北京猿人

在同一个城市的属地内，怎样才能不经意间打破时间的束缚？在北京，随时都可以开启一段全新的旅行，去往消亡的岁月。怀有好奇和活力就已足够。1月初，城市尚未封锁。我和研究巴西历史的高然博士，一同前往周口店北京人遗址。我们希望追寻北京猿人的踪影和轨迹。遗址

北京猿人和《世界》：在时间的回转里
O HOMO PEKINENSIS E O *MUNDO* : NAS VOLTAS QUE O TEMPO DÁ

周口店北京人遗址公园

位于距北京市中心 50 公里的西南郊区，仍在首都范围内。自 1922 年第一次发现原始人类的骸骨开始，龙骨山上的博物馆和巨大洞穴源源不断地为几代古生物学家和考古学家提供着有关先祖生活方式的线索。

他们群居而生，使用火种。那他们会思考，会说话吗？起初他们被归入灵长目的一个特殊类别，后来又被认为是直立人的一支变种。他们已经用双足行走，懂得合作的基本形式。他们离海洋很远，然而，他们却一定熟悉环绕周口店村石灰质土地的同树之叶与同园之花。时至今日，游客依然可以感受到这种乡村气息。在 50 万年到 30 万年前，即北京猿人生活的时段，那更为幽暗的森林，就是我们这个起源晦暗不明的物种的生活环境。

在遗址附近的土路上，我们找到一个人气很高的小餐馆，那里的食物很好，招待也很好。午餐之后，启程之前，高博士提起了法国神学家德日进（Teilhard de Chardin）在这里的研究工作。这是一位持不同政见的耶稣会教士，也是古生物学家。在 20 世纪 20 年代初，他因和梵蒂冈

北京猿人和《世界》：在时间的回转里
O HOMO PEKINENSIS E O *MUNDO*: NAS VOLTAS QUE O TEMPO DÁ

不合，被派到港口城市天津，不久之后前往北京周口店开展研究。他曾被逐出教会，之后又复职，被视为解放神学运动的思想来源。在后来中华人民共和国的首都，他写下了代表作《人的现象》（1940），试图综合信仰和理性、科学和宗教，虽然无论是当时还是现在，看来都不可能实现。这一在北京猿人身上寻找人类先祖的科学研究影响力举世闻名，因为研究时间跨度很长，研究质料的发展也很复杂，我们甚至可以承认（或是愿意承认）那是"人的境况"。

梵蒂冈是欧洲唯一没有和中国建交的国家。最近几年，北京和梵蒂冈重新开始靠近，这是双方共同的意愿。在这种时候，德日进是否会被记起呢？在后瘟疫图景下，全世界，无论西方还是东方，都需要团结合作。除却经济、宗教、政治、意识形态方面的原教旨主义，更重要的是思考一种共同生活的方式与手段，人们同属于一个物种，但有时却自身分裂，尤为严重的是，与其繁衍生息的自然环境分裂，而无论你是否愿意，如果还想在这个星球上继续生存，都要完全依赖这些环境。

世界

然而，什么样的世界才能让我们对实现地球的共同生活怀有期待呢？如果说我们在周口店找到了一些迹象，那么在北京西南似乎还会有更多收获，至少对于我是如此。我从北京西北

世界公园 –Cecília Mello 摄

动身,坐了20多公里的地铁,到达一个主题公园。这个建立时间并不长的古怪公园名字叫"世界公园",如今游人稀少。47公顷的土地能装下世界吗?

然而这正是建园者希望营造的幻觉。这个游乐园落成于1993年,复制了全世界最著名的建筑物。盛装打扮的新人可以在埃及金字塔旁,或是拉美西斯二世的宏伟神庙旁拍照,如果愿意,还可以骑着骆驼;或是在比萨斜塔或埃菲尔斜塔下拍照。凯旋门前是一个不错的选择。泰姬陵门口也可以。甚至还

北京猿人和《世界》：在时间的回转里
O HOMO PEKINENSIS E O *MUNDO*：NAS VOLTAS QUE O TEMPO DÁ

世界公园 —Cecília Mello 摄

能在纽约的双子塔下摆拍，尽管在 2001 年之后，这地方会令人不安。这个奇怪地方最好的艺术呈现当属虚构电影《世界》（2004）。这部非凡的电影由来自汾阳的中国导演贾樟柯执导。影片中，时间与空间拼接起来，以连续幻象的形式，映照出舞者、园丁、售票员、司机、清洁工等园内工作人员的现实生活。

然而事实上，徜徉在世界公园的"世界"之

中国日记／一个巴西人眼里的真实中国
Meu Diário da China: a China atual aos olhos de um brasileiro

世界公园 –Cecília Mello 摄

中，最深刻的印象也许正是这个休闲场所释放出的一种无法拒绝的渴望。我们需要加入被进步与不朽空间的幻想所遗弃的广泛人类。这些建筑是人类为了膜拜神灵和君主、抵抗入侵者、夸耀累积的财富和不朽的建筑所建立的。那些被排除在外之人,那些旷古至今的底层人民,难道我们此时此刻不该为他们发声,给他们关注,给予他们免费的食物和水,以及最重要的居所?

电影《世界》中有两位舞者,分别为俄罗斯的安娜和中国的赵涛。如果我们能像她们那样,以互通的语言,唱起浪漫的流行歌曲《乌兰巴托的夜》,会想起蒙古正与中国毗邻,那个既遥远又贴近的国度,在夜幕降临后,会期盼我们重新找回失去的爱、分散的手足和生存的快乐吗?那些荒漠的风,能否幸运地重新教会我们这些?而我们又是否有时间和意愿重新学习那首歌提倡的精神?

15

最后一篇文章：北京大学学生写给亚马孙州上索利蒙伊斯地区印第安原住民的话

大约八天前，我在巴西坎皮纳斯州立大学语言研究学院（IEL）的同事，菲洛梅娜·桑达露（Filomena Sándalo）与威玛尔·德·安热利斯（Wilmar D'Angelis），两位印第安语言与教育研究者，在给我们的信中，诉说了亚马孙州上索利蒙伊斯地区①的状况。随着新型冠状病毒的扩散，当地的村庄与聚落现状悲惨，我将这一呼救转告了中国的同事、朋友与学生。

蒂库纳人②的情况尤为严重。他们是巴西人数最多的印第安原住民群体，正经历着巨大的伤痛：他们失去了本族唯一一位

---

① Alto Solimões，地处巴西亚马孙州西部、亚马孙河主要支流索利蒙伊斯河的上游，因此得名。下文的本杰明·康斯坦特市与塔巴廷加市等均属于该地区。

② Tikuna，也称图库纳人。据巴西 2010 年人口普查，蒂库纳族约有 46100 人，在巴西 305 个原住民族群中占 6.8%，是该国人数最多的印第安原住民群体。巴西 85.5% 的蒂库纳人仍生活在亚马孙州的原住民领地。在哥伦比亚与秘鲁亦有分布。

最后一篇文章:北京大学学生写给亚马孙州上索利蒙伊斯地区印第安原住民的话
A ÚLTIMA CRÔNICA: DE ESTUDANTES DA UNIVERSIDADE DE PEQUIM PARA INDÍGENAS DO ALTO SOLIMÕES

学成归来的医生。其中费茹奥村^①的情况更是灾难性的,那里也是坎皮纳斯州立大学语言学研究生奥西亚斯(Osias)同学的故乡。在中国,这些噩耗牵动了许许多多的人。他们满怀悲伤与忧愁,关注着亚马孙地区这场社会环境灾难。

我们组织了两项救援行动。在身边的教师同事和相关朋友的共同努力下,我们筹集了一笔购买物资的善款。这笔钱已经转给了非政府组织卡穆里[②],该组织致力于对索利蒙伊斯情况危急的地区发起救助。除了北京大学,我们有幸得到更多高校的同事与朋友们的积极响应,他们来自北京师范大学、北京外国语大学、南开大学、南方科技大学、浙江外国语学院等高校,以及新华社、中国人力资源和社会保障部等单位。

另一项行动我将记录在这里。在北京大学学习葡萄牙语言与文学专业的本科生,自发向受疫情影响的印第安原住民留言。半数的同学写下了留言。可以肯定,在坎皮纳斯州立大学语言研究学院相关同事的帮助下,这封代表合作与友谊的国际邮件,很快便将送达目的地。

---

① Feijoal,本杰明·康斯坦特市下辖的原住民村庄,位于索利蒙伊斯河南岸。葡语原义为"种菜豆的土地"。
② Kamuri,创立于2006年的非营利组织,旨在从环保、文化与教育等领域保护印第安原住民的权益。

北京大学葡萄牙语专业 2018 级本科部分学生合影

2018 级大二同学的留言

黎明总在黑夜之后来临。面对这场全球性大劫难,我们团结一致,必将战胜这场危机。

邝韵婷

对于你们抗击疫情的英勇斗争,我们的敬意无以言表。我敬佩你们伟大的勇气、决心与善良。相信凭你们的努力,一切都会好起来的!祝你们好运,我亲爱的朋友们!

杨凯雯

务必坚强!

邵中天

最后一篇文章：北京大学学生写给亚马孙州上索利蒙伊斯地区印第安原住民的话

A ÚLTIMA CRÔNICA: DE ESTUDANTES DA UNIVERSIDADE DE PEQUIM PARA INDÍGENAS DO ALTO SOLIMÕES

我们全人类都经历着苦难。我在中国给你们加油。愿巴西人民安好。过去你们曾面对许多比病毒更大的困难，但你们从未被击倒。我尤其要祝福印第安原住民，愿你们拥有勇气与力量。你们强健勇敢，为了让形势好转，做出了巨大的牺牲。我坚信，你们必将取得最后的胜利。

作为即将前往巴西学习的准交换生，我每天都关注着你们的状况。在一则新闻中，我看到两位戴着口罩的原住民，在漂满绿藻的平静水面上行舟。我很受触动，也为你们骄傲。从你们的团结中，我知道，你们是不可战胜的。

天气渐凉，冬天很快便会到来①。但既然冬天已经到来，春天还会远吗？花儿再开之时，愿我能与你们同赏。

李武陶文

时事多艰，但还请记住，我们始终与你们同在。

陈丹青

我们始终站在一起。疫情固然可怕，但我们的爱更加强大。中国与巴西人民、全世界所有的人，必胜！

方江晨

---

① 巴西地处南半球，6月入冬。

中国日记 / 一个巴西人眼里的真实中国
Meu Diário da China: a China atual aos olhos de um brasileiro

加油！一切都会过去！不必再提醒你们勤洗手，少集会。请特别注意，留心保护好自己，克服负面情绪，这些都非常重要。给你们大大的拥抱！！！

梁立言

得知你们中许多人的生命受到了疫情的威胁，我很难过。或许眼下中国的情况能够给你们信心，新型冠状病毒并非不可战胜。我相信，凭借智慧、耐心与力量，巴西必将战胜病毒。明天会更好。

董瀚元

北京大学葡萄牙语专业2016级本科部分学生合影

最后一篇文章：北京大学学生写给亚马孙州上索利蒙伊斯地区印第安原住民的话
A ÚLTIMA CRÔNICA: DE ESTUDANTES DA UNIVERSIDADE DE PEQUIM PARA INDÍGENAS DO ALTO SOLIMÕES

2016级毕业班部分师生合影

2016级毕业班学生的留言

巴西的朋友们，你们好！！我是北京大学的一名学生，来自疫情最早大规模暴发的武汉。失去一位杰出的成员，你们想必很难承受。我非常理解这种痛苦，因为在最近几个月中，我所在的城市见证了无数的生离死别。然而，我想说，正是在这至暗时刻，我们才能积攒力量，变得空前坚强。在绝望的日子里，我一度以为这场噩梦不会终结。但如今，武汉已经恢复了往日的生机，一切正重回正轨。我相信，你们能挺过这段黑暗的时期。一切都会好起来的。我们都在支持你们！

黄永恒

中国日记 / 一个巴西人眼里的真实中国
Meu Diário da China: a China atual aos olhos de um brasileiro

听到这个消息，我很难过。

亚马孙地区于我，显得既熟悉又陌生。说熟悉，是因为本世纪初，还是个孩子的我，就从电视上看到了当地壮美的景象。说陌生，则是因为即便知道亚马孙是"地球之肺"，但因为其神秘、危险，我们从未真正见识过它。

听闻你们从小在亚马孙长大，并且今天依然生活在那里。我想说我真的很钦佩你们，能够克服当地严酷的自然条件。我很遗憾，但同时也对你们有更多的信心，在国际社会的帮助下，你们能够战胜疫情。中国有句动人的话叫"历久弥新"。你们，连同你们的族人，以及巴西全国，必将在灾难之后拥抱全新的生活。

张骁瀚

来自中国天津的问候（照片为留言同学提供）

最后一篇文章：北京大学学生写给亚马孙州上索利蒙伊斯地区印第安原住民的话
A ÚLTIMA CRÔNICA: DE ESTUDANTES DA UNIVERSIDADE DE PEQUIM PARA INDÍGENAS DO ALTO SOLIMÕES

我的巴西兄弟：

最近可好？但愿如此，虽然大家都清楚，我们正经历着磨难。在疫情扩散的前三个月，中国政府出台了居家隔离政策。因此我整个春天都留在家里，不敢去听任何消息，因为几乎所有新闻都糟透了。然而，是友谊与团结缓解了我的悲伤。此刻，希望我们的留言能为你们带去几分慰藉。愿我们都保持活力，心怀希望：生活已经发生了变化，但依然继续，而且必将继续。祝你们一切安好！

卢正琦

亲爱的亚马孙的巴西朋友们：

我是一名中国学生，听闻你们正面临新型冠状病毒的威胁。我们很能理解你们的心情，因为在中国我们遭遇了同样艰难的情况。但我可以肯定，我们必将战胜这一困难，所以我们应该坚定信念，努力保持健康。就像诗里说的，"如果冬天来了，春天还会远吗"。我相信我们全人类能够战胜病毒。期待你们的好消息！

解冬珵

中国日记 / 一个巴西人眼里的真实中国
Meu Diário da China: a China atual aos olhos de um brasileiro

亲爱的朋友们：

我叫梁颖怡，是一名中国学生。众所周知，如今全世界都面对着新型冠状病毒的威胁，这很令人担忧。尽管我们不是专业的医生，没有能力帮助改善巴西的现状，还是希望蒂库纳人的情况能尽快好转。巴西与中国两国人民的友谊长存！愿这份友谊能为你们带去勇气与力量！加油！

祝好

梁颖怡

我对蒂库纳族医生的离世深表惋惜。人生总是困难重重，充满挑战。但事情都会好起来的！因为始终有人为你们祈福，也始终有人同情你们的遭遇。希望费茹奥那边的情况好转。加油！！

褚孝睿

地球另一端尊敬的朋友们：

你们好！我叫田泽浩，来自中国广东省深圳市。得知你们的境况，我很难过。我们正面临着一场全球危机。这需要我们团结起来。的确，这一封信无法改变现状。但我希望，这几行字能够捎去些许慰藉。

最后一篇文章：北京大学学生写给亚马孙州上索利蒙伊斯地区印第安原住民的话
A ÚLTIMA CRÔNICA: DE ESTUDANTES DA UNIVERSIDADE DE PEQUIM PARA INDÍGENAS DO ALTO SOLIMÕES

15

很遗憾，巴西政府没有积极保护你们。但我们，同样也有责任。因为我清楚全球化的机制，它总会牺牲掉小部分人的幸福来满足其他人。虽然这一切并非由我决定，但我们所有居住在亚马孙之外的人，都应该为此负责。我很抱歉。

我尊重你们自己选择生活方式的意愿与权利，但新型冠状病毒可不是闹着玩的。从今年年初的一月份起，我就一直留在家里。所有中国人都是这样。可即便如此，仍有很多人失去了自己的亲人和朋友。因此，还请你们留意外来的人员，并保持个人卫生。也许你们不喜欢戴口罩，可要是条件允许（但愿如此），请保护好自己。可以肯定，这场变故会改变你们的生活，毕竟全世界人民都受到了影响。最重要的是活下来。得知你们的情况，我感到非常悲伤。每一天我都告诉自己，未来仍旧是光明的。我不知道有什么理由让我这样相信，也不知道明天的世界将会如何，但我想尽力活下去见证明天。心存希望最重要。有了希望，我们就能战胜一切困难。

如今中国已经挺过了最危险的时期。这说明疫情是可以控制的。这一切都会过去，而我相信那一天很快就会到来。

祝好！

田泽浩

中国日记 / 一个巴西人眼里的真实中国
Meu Diário da China: a China atual aos olhos de um brasileiro

　　就是这样。真正的友谊能超越国界。我只在编辑时稍做了一些改动。所有文段全都出自这些年轻、无畏的学生,他们仍在上网课完成本学期的学习。愿地球母亲保佑他们,让他们今后能够团结那些流离失所的人,尤其是亚马孙的印第安原住民,共同斗争,创造一个美好、和平、融洽的世界。在混乱无序的旧世界废墟之上,我们也许不仅仅可以作秀,而是做出真正的改变也说不定呢?

2020 年 5 月 15 日

　　备注:在此抄录非政府组织卡穆里总负责人、印第安人类学家茹拉西尔达·韦加女士的回信:

尊敬的弗朗西斯科教授:

　　无比感谢您的援助与关心,以及号召学生参与到这项声援与承诺的善举中的努力。

　　我们会将这些留言转呈给蒂库纳人。团结能增强免疫力,也能疗愈我们。

　　我们已建立起一套有效的本地支援网络。预计到星期一,18 号,一切便将发挥作用:卫生用品,基本食品,以及成品自制口罩。但一切都比我们所期望的要慢上许多。物资要靠船

最后一篇文章：北京大学学生写给亚马孙州上索利蒙伊斯地区印第安原住民的话
A ÚLTIMA CRÔNICA: DE ESTUDANTES DA UNIVERSIDADE DE PEQUIM PARA INDÍGENAS DO ALTO SOLIMÕES

运，部分商品贵得离谱。这一地区没有酒精洗手液。所以卫生用品会包括洗衣粉、肥皂、香皂和消毒液。从州首府玛瑙斯到塔巴廷加市有1512公里，开船要走上四天。一周航行两次。商业中心塔巴廷加市离费茹奥村所属的本杰明·康斯坦特市又是四小时的航程。费茹奥村现有居民190户，3148人。村内现已设置路障，只有国家印第安人基金会及巴西卫生部的人员有权进入，输送我们募捐的物资。我们已联系上专人为费茹奥村制作上千个口罩。然而，无论本杰明市还是塔巴廷加，布店都少得可怜。因此我们正努力从哥伦比亚的莱蒂西亚市[①]征调布料。这又遇上了跨国过关难的问题，毕竟巴西是目前拉丁美洲疫情的中心。但我们仍将继续扩大对中、上索利蒙伊斯地区蒂库纳人的援助：贝伦·杜·索利蒙伊斯村有1014户，共5800人；乌拉里亚苏村有504户，共2191人；乌木里亚苏村有1302户，共5002人；费拉德奥非亚村有269户，共1400人。为了让你们明确蒂库纳人的总数，上述村庄仅仅是已与我们设在贝伦·杜·索利蒙伊斯村的总部建立联系的居住点。我们正积极借由卡穆里组织的网站（www.kamuri.org.br）向大家及时更新相关情况。

---

① 莱蒂西亚市是哥伦比亚亚马孙州首府，也是该国最南端的城市。面临亚马孙河，靠近与巴西、秘鲁的三国边境，同下文中的几个村庄相距不远。

我们也将救助最为脆弱的科卡玛人①。他们当中已有41人离世。由于新型冠状病毒对老年人的威胁最大，死者当中不乏该族首领与掌握科卡玛语的老人。在这一地区有大量的科卡玛人、蒂库纳人以及城市周边的其他族群。他们住在官方划定的原住民领地之外，同非印第安人杂居，因此同时受到来自两边的歧视。而为了领取政府迟来的紧急补助②，他们被迫要在银行排长队，也因此被暴露在病毒的威胁里。

除去亚诺玛米③等族领地上的非法采矿活动，亚马孙地区的毁林与山火问题也愈发严重。这一切都源自当局颁布了违宪的法令与措施，为的是掩盖有组织的违法行为和扩大种植园开发。与此同时，管理的缺位和病毒的肆虐助长了他们的气焰。

团结互助和对人类与地球的同情，如同灯塔一般指引我们在动荡中前行。有这么多无辜的人因这届政府的无能与疏忽而遭受折磨——那些人明明有权履行宪法赋予的职责，却临阵

---

① Kokama，巴西卫生部2014年的数据显示，该国境内共有科卡玛族14313人。在哥伦比亚与秘鲁亦有分布。2020年4月1日，该族一名20岁的女护士确诊感染新型冠状病毒，为巴西印第安原住民首例确诊病例。

② 2020年4月2日，经总统博索纳罗批准，巴西政府将向失业的三千万群众每人发放600雷亚尔，约合人民币800元。

③ Yanomami，巴西卫生部2019年的数据显示，该国境内共有亚诺玛米族26780人。在委内瑞拉亦有分布。2020年4月3日，该族一15岁男孩放学回家后出现发热症状，就医后确诊感染新型冠状病毒，为巴西该族首例确诊病例。

退缩、甩手不管。这也让我们格外感谢所有饱含同情与关切的善举。

祝好!

茹拉西尔达·韦加

2020 年 5 月 16 日

译后记

闵雪飞

巴西女作家克拉丽丝·李斯佩克朵在短篇小说《蛋与鸡》中，曾将这样一句话奉献给蛋的神秘："我把开始奉献给你，我把初次奉献给你。我把中国人民奉献给你。"很长时间里，由于距离遥远，巴西与中国之间文化交往不多。在巴西人民眼中，中国人民的形象极为神秘，堪比"开始""初次"以及"先有蛋还是先有鸡"的原初性神秘。

1959年，巴西著名思想家、"葡国热带主义"（luso-tropicalismo）的创立者吉尔贝托·弗雷雷（Gilberto Freyre）写下一篇题为《为什么是热带中国？》（"Why a Tropical China？"）的文章。后来，这篇文章被纳入《热带中国》一书，与作者其他涉及巴西东方文化的文章结集出版。"热带中国"是弗雷雷对巴西的称呼，他从未来过中国，对于他，中国是神秘的，正是这种神秘性沟通了中国与巴西，因为，巴西和西语美洲差异很大，任何人类学或者社会学研究都要区分对待，而巴西的神秘令人联想起中国或者俄国，简直可以被形容为"热带中国"。

译后记
POSFÁCIO DA TRADUÇÃO

所以,"热带中国"这个名头是巴西人民将对中国的神秘想象反射于自身的结果。"神秘"实际上是"毫无了解"的美好说辞。几十年之后,虽然现代交通工具的发展与社交网络的发达一定程度上缩短了双方的距离,但误解与偏见依然存在,在新冠病毒肆虐全球的时代里,这一点体现得尤其明显。

疫情暴发的这一学年里,巴西坎皮纳斯州立大学语言研究院资深教授福特·哈德曼正在北京大学葡语专业担任客座教授。他是北京大学的老朋友,对中国充满热情,对所有前往坎皮纳斯州立大学深造的北大葡语专业学生照顾有加。当我通过樊星助理教授联系哈德曼教授,邀请他前来北大客座执教一年时,心里其实并没有把握,因为我知道当时剑桥大学也在邀请他,而对于即将退休的哈德曼教授,这可能是最后一次出外客座的机会。虽然北大近些年在邀请海外知名学者方面支持力度很大,但面对剑桥,我依然信心不足。哈德曼教授非常痛快地选择了北大,这并不是因为北大开出的条件更好,而是因为他知道我们更需要他,国际主义与团结友爱一向是他的生命准则。

我们从未想过哈德曼教授会以这样的方式度过在中国的后半段时光,也从未想象他会书写下属于他的"热带中国"。面对新冠疫情的暴发,哈德曼教授写下这15篇文章,承担起让巴西人民了解中国的责任。这不仅仅是对中国的观察,更是对巴西与全球政治现象的思考。在这本书里,哈德曼教授一次又一次呼吁团结友爱，是因为他对环境危机与人类命运怀有极大的忧虑。巴西人可能比中国人对环境危机体会得更深，因为那里有地球"绿肺"亚马孙。如今，在巴西，亚马孙雨林危机与新冠疫情危机叠加在一起，成为国家治理中的严重挑战。如果尚未完成溯源的新冠疫情真的是环境危机的体现，如果这次疫情只不过是更为频繁的危机的序曲，那么怀亚马孙之璧的巴西毋庸置疑会成为巨大的风暴眼。对地球"绿肺"亚马孙的保护和开发，绝非一国所能办到之事，需要全人类在真正的"团结友爱"基础上共同努力，而不是任凭气候或环境危机成为政客们操弄的议题。

哈德曼教授写下这些文字，是为了让巴西人能更好地理解中国。我们决定翻译成中文，因为它提供了一种中国人理解巴西的可能视角、思想资源与阅读路径。在未来，我们希望有机会，将哈德曼教授在课堂与本书中提到的诸多"热带中国"思想家译成中文，拉近中国与巴西之间的文化距离。参与本书翻译的有马琳、褚孝睿、吕婷婷、梁颖怡、田泽浩、卢正琦、朱豫歌。樊星助理教授、王渊助理教授和我一同承担了译稿的初次校译工作，之后我又进行了两次校译。我们希望以这项工作回馈哈德曼教授给予我们每个人的"团结友爱"，无论是在巴西还是中国。哈德曼教授学识渊博、思想放逸，他的文章内容厚重、句法缠绕，对译者和校译者都提出了极大的挑战，如有疏漏，敬请指正。

2021.9.23

Nota Prévia

A série de artigos que os leitores chineses têm a seu dispor, a seguir, formam um conjunto de 15 textos escritos em Pequim e publicados no Brasil, semanal ou quinzenalmente, entre 31 de janeiro e 15 de maio de 2020, desde que a epidemia do coronavírus tornou-se uma realidade dramática em toda a China para, poucas semanas depois, tornar-se uma pandemia por todos os continentes. O primeiro deles saiu no jornal Folha de S. Paulo, sob impacto das medidas iniciais de contenção aqui, e logo após uma gravação de vídeo que fiz para telejornal da TV-Bandeirantes, em São Paulo. Todo o restante da série de artigos saiu no Jornal da Unicamp, publicação on-line no portal da Universidade Estadual de Campinas, estado de São Paulo, onde trabalho, com replicação no site de notícias Carta Campinas.

Essa experiência só foi possível graças ao convite que tive para ser professor visitante por um ano acadêmico na área dos estudos de literaturas e culturas em língua portuguesa da Escola de Línguas

Estrangeiras da Universidade de Pequim, a partir de setembro/2019. Visita que faz parte do acordo de cooperação científica, cultural e pedagógica entre a Unicamp e a Universidade de Pequim, celebrado por nossas duas instituições em 2018 e que possibilita a mobilidade e intercâmbio de estudantes e de professores entre Campinas e Pequim.

No Brasil, meu muito obrigado ao colega professor Peter Alexander Schulz e ao jornalista Clayton Levy, respectivamente, Secretário de Comunicação e Coordenador de Imprensa da Unicamp – a eles e equipe – pelo simpático convite e edição da série "Diário em Pequim" no portal de nossa Universidade; e ao técnico administrativo Miguel Leonel dos Santos, da Coordenadoria de Pós-Graduação do Instituto de Estudos da Linguagem (IEL) da Unicamp, pela intermediação das imagens e pela divulgação do material também no site Carta Campinas.

Esse projeto editorial não seria viável sem o respaldo institucional da Universidade de Pequim, e de sua tradicional Editora, a quem agradeço, em particular pela amável recepção de seu Editor-Chefe, Zhang Liming ("chuva velha, novos amigos"). Gentileza e amizade que se estenderam no vivo interesse do Prof. Han Yuhai, do Depto. de Literatura Chinesa e Vice-Diretor do Instituto Xi Jinping de Estudos do Socialismo com Características Chinesas.

Pessoalmente, sou grato em especial aos professores Min Xue-

Nota Prévia

fei, Fan Xing, Hu Xudong, Guo Jie e Fan Ye por seu apoio solidário, acolhimento generoso e incentivo permanente; à pesquisadora pós-doutoral Ma Lin, por sua tradução cuidadosa de uma seleta de 5 crônicas que saíram inicialmente no portal do Instituto de Estudos Sociais e de Humanidades da BEIDA, em abril passado; e à gentil Zhu Lina, da Editora de BEIDA, quem primeiro me procurou para conversar sobre a ideia de um possível livro, após ler aquela coleção de excertos. Além do mais, aos meus queridos alunos da Escola de Línguas Estrangeiras, brava turma de 2016, concluintes da graduação, simplesmente por sua dedicação e amizade, além de colaboração valiosa na tradução de 10 capítulos deste livro. Isso, para não falar no gesto de solidariedade, acompanhado igualmente por alunos da turma de 2018, que endereçaram aos membros da comunidade Tikuna no Alto Solimões, Amazonas, Brasil, registro que documentei na última crônica.

Última crônica que, graças ao interesse e iniciativa da prezada colega Zhang Ling, da State University of New York at Purchase, pode também ser traduzida ao inglês por Luís Costa e Romaniya Voloshchuk e publicada em Mediapolis: a journal of cities and culture (vol. 5, 16-junho-2020).

Assinalo, igualmente, meu agradecimento às compatriotas Cecília Mello (professora de cinema na Universidade de São Paulo) e

Lúcia Anderson (doutoranda de ciências sociais na Universidade de Campinas e docente de língua portuguesa na Universidade Normal de Pequim) por seu apoio solidário a toda a série de crônicas, inclusive com cessão de algumas fotografias aqui incorporadas.

Finalmente, uma nota de gratidão às mensagens que recebi de vários lugares do mundo, assinalando, mais uma vez, que estamos no mesmo barco. Se hoje bem à deriva, por que não apostar numa correção radical de rota? Ânimo, esperança e juventude para isso não faltam. É preciso estabelecer bases de uma cooperação internacional verdadeiramente solidária na luta contra todas as desigualdades.

Constata-se que brasileiros e chineses possuem afinidades culturais profundas, mas é preciso, com certeza, alargar os canais de comunicação e de trânsito entre as duas nações. Que esses pequenos textos, escritos num momento raro e difícil para toda a humanidade, possam auxiliar na ampliação de pontes, na troca de conhecimentos e na superação definitiva de preconceitos, de modo a consolidar uma relação harmoniosa, confiante e pacífica.

Beijing, 25 de maio-9 de julho de 2020
Francisco Foot Hardman

1

ONDE VOCÊ SE ESCONDE, PEQUIM?

[30/janeiro]

Na cantina universitária, não há quase ninguém. Sento-me numa mesa sozinho, mas logo vêm duas funcionárias da cozinha, sentam-se na minha frente, uniformes brancos e máscaras, alegres e simpáticas como boa parte do povo aqui, nos cumprimentamos, a que está diante de mim arranca de uma vez sua máscara reclamando que o elástico lhe machuca a orelha, quase num gesto de desacato. Riem muito. Entendo tudo, pois sofro do mesmo incômodo. Sinto orgulho de compartilhar a mesa com as camaradas da cozinha. Mas quase ninguém pode testemunhar esse encontro.

No metrô, plataforma espantosamente semi-vazia: de 11 passageiros que embarcam, apenas dois não possuem máscara. "Isso porque não encontraram à venda, estoques esgotados", comenta um amigo. Se a poluição do ar já levou, habitualmente, parcela considerável dos cidadãos de Pequim a portarem máscara, o coronavírus de

Wuhan generalizou o uso. O irônico é que a qualidade do ar tem estado muito melhor em Pequim do que foi há poucos anos. O sol desponta no inverno, coisa que era rara até recentemente, e não há quase ninguém para usufruí-lo.

Onde está a turma de aposentados do tai chi chuan na pracinha aqui do bairro? E onde as mães e avós num jardim de infância improvisado em outra praça? E onde as crianças soltas no alarido típico das manhãs frias que antecediam o ano novo lunar?

Onde a mulher da vendinha, aquela mesma com seu pequeno negócio aberto até 11 e meia da noite, olhar triste e sorriso belo, a ver uma novela que parecia sem fim numa mini TV erguida entre bananas e códigos de barras? Fixou os enfeites de ano novo na porta, fechou a venda e só volta no início de fevereiro, até que bem antes do barbeiro e da loja de conveniência para estrangeiros.

Ah, mulheres chinesas anônimas, vocês são a revolução na revolução, as heroínas invisíveis de um povo cujo sentido de "trabalhador coletivo" antecede qualquer filosofia, qualquer ideologia. Por isso, as que vêm bem tarde da noite coletar o lixo reciclável passam no silêncio de suas motobikes elétricas e completam esse bailado de veículos que se vê nas pontes e avenidas. Não é preciso anunciar nenhum ritual. Os rituais já estão encarnados. Trabalhadoras do lixo, onde vocês se escondem? Onde guardam seus uniformes impecáveis?

你藏身何处，北京？ ❶
ONDE VOCÊ SE ESCONDE, PEQUIM?

Sigo no passo da multidão que ora se recolhe. Jamais aprenderei a cochilar, como os chineses fazem, nos vãos mais inusitados da cidade. Pequim, Pequim, onde você de fato se esconde? No parque das Montanhas Perfumadas (Xiangshan), aqui nos arredores do extremo noroeste da cidade? Colinas extremamente belas na floração do outono, agora vazias, que serviram, durante a revolução popular, entre março e setembro de 1949, de refúgio e base para o comitê central do PCC, antes da marcha final do exército de libertação rumo ao centro da "Capital do Norte".

No meio de uma quase cidade-fantasma, é incrível a rede de solidariedade que se estabelece. Visitas expressamente proibidas à Cidade Proibida, bem como a museus, parques e à Biblioteca Nacional. Acesso ao campus da Universidade de Pequim vetado, por ora, a visitantes externos (para se ter ideia, eram cerca de 2 mil visitas agendadas, em média, por dia). Se você possui cartão, pode ingressar, desde que passe por check-in de temperatura corporal na portaria. Calendário escolar de reinício das aulas adiado em todas as escolas, inclusive universidades, por tempo indeterminado. Feriado do ano novo lunar prolongado para retardar retorno e trânsito da população. É a grande festa, a mais tradicional da China, o imperativo é reunir-se com pais e avós, o que desencadeia o maior movimento migratório em torno de um só evento no mundo. Medidas que podem parecer excessivas para quem está do outro lado do globo, são necessárias em função da escala demográfica considerada.

Falei em solidariedade. Ela me tem sido comprovada, diariamente, pelos contatos e mensagens que recebo de colegas e alunos. Ela já está presente sem precisar dizer. Bastam entreolhares sobre as máscaras. Sinais amigos acionados para que recebamos, com toda a alegria que o novo ano promete, a aluna Olívia-Huang, única moradora de Wuhan na turma para quem dou aulas. E, do segundo ano, a aluna Kátia-Yang, também residente em Wuhan.

Voltei hoje à cantina. Das duas funcionárias, uma delas volta a compartilhar mesa comigo. Sobram espaços e parece que já formamos um time. Ela cuida de juntar bandejas, pratos e talheres da multidão de comensais. Refeitório continua vazio. Acabo meu almoço antes dela. Levanto com minhas coisas e bandeja. Ela faz menção de se levantar para dispor minhas sobras. "Não, camarada, absolutamente", eu aceno. Cuido eu de separar meu pequeno fardo. "Você merece, mais que todos os frequentadores, comer em paz". Sorrimos cúmplices.

Mas, agora, vivo num quase deserto de asfalto. Cadê a turma? Cadê o povo? Pequim, me responda: onde você se esconde?

Não desisto. Como os chineses, em geral. Não desisto e sonho e peço e quero: a volta da mulher das castanhas, vendedora ambulante,

你藏身何处，北京？
ONDE VOCÊ SE ESCONDE, PEQUIM?

com seu sorriso tão largo quanto o deserto da Mongólia. Chegará com seu carrinho elétrico? Mostrará seu código digital para que eu pague no celular? (cada dia mais evita-se qualquer pagamento cash por aqui; o papel-moeda, um pouco como jornal impresso, vai virando coisa do passado).

Pois é certo que ela virá. Com suas rugas curtidas no vento arenoso e frio do extremo-norte. Com suas mãos fatídicas no preparo de tudo. Com sua alegria altaneira e simples. Virá, que é certo. Já não trará as castanhas de aroma inesquecível que preencheram meu outono e parte do inverno. Virá com as frutas da nova estação, que o ano novo lunar, fustigado pelos maus eflúvios de um vírus – que nos alerta sobre as dramáticas relações socioambientais em curso –, assim mesmo é capaz de anunciar. Porque os chineses se antecipam em quase tudo em meio à longa espera que também possuem como senha. Porque, aqui, o ano novo lunar é mais que tudo a celebração da chegada da primavera. A mulher das castanhas, eu sei, colhe, neste instante, em pleno deserto da Mongólia interior, as frutas que trará logo mais em seu carro inimitável. A primavera em Pequim promete melhores ares, melhores luzes. E aqui vai estar, logo mais, a mulher das castanhas. Não custa crer. Nada custa esperar.

2

A VENDINHA DA VILA

[7/fevereiro]

Nesses dias de quase nenhuma circulação em Pequim, resultado da grande saída de gente que precede o Ano Novo Lunar, a maior celebração do povo chinês (cuja data, como nosso Carnaval, oscila a cada calendário, e que neste inverno caiu em 25 de janeiro), na vila em que vivo, no distrito de Haidian, noroeste da grande metrópole, há uma vendinha a menos de 200 metros de casa, que nos é sempre, moradores dessa vila de quatro por cinco ruas e cerca de 60 pequenos edifícios de até cinco andares, mais providencial do que qualquer supermercado. Lá, num espaço diminuto de dois cômodos, encontra-se tudo, ou quase tudo, e isso até altas horas da noite.

Por isso, entre tantos estabelecimentos públicos fechados, não só pelos feriados, mas principalmente pelas medidas de segurança sanitária, a mim, e sei que a muitos vizinhos, causou particular desalento ver a vendinha da vila fechada. Um aviso, com felicitações e en-

小区里的小卖部
A VENDINHA DA VILA 2

feites do ano novo, dizia que reabririam no dia 1º. de fevereiro. Mas os cuidados redobrados com a prevenção de um maior alastramento do surto em Pequim, cidade de 21,5 milhões de habitantes, levaram o serviço comunitário da vila a prorrogar o fechamento de nossa vendinha até dia 4. Novo desalento, nova espera.

A passagem do ano novo, comemorada na cidade natal de cada habitante, com seus pais e, também, obrigatoriamente, enquanto viverem, com os avós de ambos os lados, nas respectivas cidades ou aldeias, implica muitos deslocamentos populacionais que fazem desta a maior migração em tempos de paz e por um só evento no planeta. As restrições de viagens que se impuseram forçosamente, por conta dessa muito infeliz coincidência de movimentos (de gentes para a maior festa do país e de coronavírus em expansão) acarretaram, assim, uma das maiores frustrações para a grandíssima maioria da população chinesa.

Isso, claro, para além da tragédia da morte que já é de muitas centenas de pessoas. E, também, para além do sofrimento particular de mais de 50 milhões de habitantes que estão encerrados em um cordão sanitário na região de Wuhan (a importante capital da província de Hubei, a 1.150 Km ao sul de Pequim) e de cerca de uma dezena de cidades no seu entorno.

Mas a vida segue e os chineses se recolhem e se cuidam, e

como! Somos um país de mascarados, neste instante, sem nenhum apego à estética ou às ideias pueris e ações deletérias dos blackblocs, muito pelo contrário. Check-ins de temperatura corporal se instalaram em todas as entradas de edifícios, condomínios, cantinas, campus universitário, metrô, etc. Museus, parques e lugares de grande atração pública permanecem fechados.

    A ansiedade, nessas circunstâncias, aumenta para todo mundo e não poderia ser diferente. Por isso, corri à vendinha no dia anunciado de reabertura. Pequena grande felicidade. Lá estava, mais serenamente triste do que nunca, a vendeira, com seu olhar de beleza melancólica e sua tranquila feição, agora com a máscara negra que dizem ser a mais eficaz das que hoje se encontram disponíveis. Neste dia, o sol ainda se fez presente numa réstia da porta. Já somos cúmplices nesse inverno turbulento. Compro itens mais do que meu habitual, a conta passa de 110 yuan, algo como 66 reais, estou feliz de ter a vendinha de volta. E de rever, ali, sua dona, impassível. Ela sempre me ajuda com a embalagem dos víveres, cortesia sem par. Ela é uma graça!

    Hesito em lhe pedir para fazermos um selfie. Não peço, não faço. A mulher da vendinha adora as novelas que se sucedem dia e noite na TV chinesa. Como tantos milhões desse povo que se nos assemelha tanto. Em seu mini aparelho, está sempre ligada a alguma série de amor melodramático. Sim, o melodrama aqui também tem

小区里的小卖部
A VENDINHA DA VILA

lugar. Agora, terá que fechar mais cedo, por conta das prescrições, e não poderá seguir até 11h30 da noite, como era antes da crise.

Invento sempre alguma falta de item para voltar à vendinha. E assim foi no dia seguinte. O sol tinha ido embora. Nevou bastante nesses dois dias, como nunca antes neste inverno. Clima muito seco, em Pequim é raro que neve. Por isso, dessa vez, ela parece um pouco mais triste. Se antes o sol ou a lua encarregavam-se de mostrar a beleza de seus olhos, agora é o brilho da neve que se insinua na fresta da porta e de sua máscara. Que linda! Somos cúmplices. Para além dos estoques nas prateleiras e dos yuans que tilintam virtuais. Já podemos sorrir entre olhos e acenos, sempre delicados.

E sobram histórias de amor que ela não cansa de ver, de lembrar e, quem sabe, na calada do vento de Pequim, que fere as faces como faca, de sonhar viver.

3

O CAFÉ MAIS SECRETO DO MUNDO

[14/fevereiro]

Amanhece com chuva fina em Pequim. Vai esfriar mais um pouco, mas o tempo já vem esquentando nesses dias. A chuva é boa, porque não sendo do tipo catastrófico que tem castigado, no Brasil, as cidades de Belo Horizonte e São Paulo, limpa bem o ar. A qualidade do ar aqui estava pior nesses dias. Nada que se compare à poluição de poucos anos atrás, mas assim mesmo ruim, e pior se você deve permanecer em casa, para diminuir risco de contágio. Quase ninguém nas ruas de Haidian. Essa paisagem – para quem conhece a megalópole e este bairro, ou pode imaginar uma cidade com população em dobro da cidade de São Paulo (se bem que numa área muito maior, bem mais espalhada) – é a de uma cidade-fantasma, surreal em seu silencioso e inusitado cotidiano.

E o que fazer aqui? Preparo aulas em áudio e envio materiais pelo aplicativo We Chat e em mailing aos meus alunos. Converso com o representante da classe, função aqui importante e nada decorativa. Eles esperam ansiosos para voltar a Pequim e a este belíssimo campus, onde têm moradia assegurada durante toda sua graduação ou pós. As aulas presenciais estão adiadas por tempo indeterminado. Uma aluna na distante cidade de Wuchuan, extremo-sul, província de Guangdong, pergunta-me sobre Vidas secas, de Graciliano Ramos, matéria deste semestre, que começou a estudar por conta própria. Ela e outros me perguntam se estou bem aqui, se estou me cuidando. Como são afetuosos, solidários e discretos esses jovens estudantes chineses! Quantas afinidades e aprendizados em comum podem ter com seus colegas brasileiros, experiência que, felizmente, já está em curso!

Outra aluna, lá de Hangzhou, província de Zhejiang, está traduzindo Mia Couto e me consulta sobre dúvidas pontuais. Mais outros três alunos, de outras três cidades diferentes – Zhengzhou, Shenzhen e Fuzhou –, seguem, aplicadíssimos como sempre, no trabalho de suas monografias de graduação, sobre autores tão distintos quanto Rubem Fonseca, Guimarães Rosa e Mia Couto, mas, todos eles, de modos diversos, convergindo no tema central do abandono: o da nação brasileira naquele Agosto trágico de 1954 (R. Fonseca); o desse pai inalcançável e tão desejado em "A terceira margem do rio" (G. Rosa); e a ilha desgarrada da cidade e da história em Um rio chamado tempo, uma casa chamada terra (Mia Couto).

Em tempo global de abandonos – dos mais pobres, dos doentes, dos esfomeados, dos refugiados das guerras das potências e dos desastres ecológicos de uma civilização capitalista suicida –, chega a me comover a mensagem que recebo de uma única aluna confinada lá em Wuhan, na sua bela cidade natal, depois de eu enviar-lhe vídeo feito por estudantes em Portugal, conclamando à solidariedade internacional com o povo chinês: "Obrigada por este vídeo caloroso, Professor! Durante esse período, minha cidade testemunhou desastres e também amor. O apoio e encorajamento desse tipo são exatamente as forças que nos mantêm em andamento. Não se preocupe comigo, minha família e eu estamos em segurança e saudáveis. Aguardo com expectativa o nosso reencontro na Universidade quando a primavera chegar!"

Se há uma civilização que desenvolveu sabedoria milenar com o motivo da espera – no mais das vezes nas condições mais adversas da guerra, do colonialismo, da fome –, é justamente esta daqui. Por isso, mais do que nunca agora, devemos esperar. E em meio ao aparente abandono da paisagem semi-vazia, podemos indagar sobre qual melhor caminho entre todos os traçados. Indagar às ruas, às árvores, ao lago, a essas tão típicas passarelas que cruzam avenidas quase desertas, às pracinhas, aos becos, aos hutong revitalizados, mas sempre caóticos em face de nosso classicismo decadente.

Podemos indagar mesmo onde não há traçado visível. E, do nada, em pleno fervilhante e badalado bairro de Sanlitun, agora vazio, o barbeiro de rua, não o de Sevilha, mas este, solitário, aqui, neste domingo de ninguém: corte feminino a 20 RMB, masculino a 15, quem se habilita? Só dois clientes na espera, ali mesmo no meio da rua, confesso que vacilei – por conta desse hábil artesão da tesoura não estar de máscara, protocolo que tento seguir à risca.

E quanto aos Cafés? Em geral, todos fechados. O 1898, cujo nome homenageia a data de fundação da Universidade de Pequim, não reabriu na data anunciada. O café da livraria All Sages, outro point extremamente acolhedor, idem, fechado desde a véspera do ano novo lunar, portanto há três semanas. De lá, como não lembrar do seu gato preto de estimação, animal da sorte, sempre estirado no bom sono, a nos sugerir que existem mais questões relevantes entre céu e terra do que a humanidade cogita.

Diante de cenário que reclama prudência e solidariedade, não posso esquecer do "café mais secreto do mundo" (foi assim que o colega do IEL-Unicamp e amigo Mario Luiz Frungillo cravou certeiramente seu nome, quando cá esteve, em outubro passado). Numa ruazinha escondida, em condomínio ao lado da portaria oeste de BEIDA, entre árvores e folhagens, existe uma porta de madeira e uma placa modesta onde se lê: "Terra dos livros de estoicismo". E, lá dentro, um café muito convidativo, no passado também funcionou como videoteca, como lugar de cinéfilos em busca de DVDs de filmes de arte raros ou proibidos. Um aviso pede para falar baixo, aviso ocioso, diante da clientela reduzida e, por hábito, silente. Às vésperas do recesso escolar e do confinamento que se seguiu, estivemos lá, eu com as colegas Fan Xing e Ma Lin. Neste lugar incrível, que se mantém há decênios, podemos imaginar mundos bem melhores do que o anunciado pela emergência climática, neste início dos anos 2020, com dados reais e alarmantes.

Na mais simples solidariedade diante da atual epidemia; na mais silenciosa e determinada resistência capaz de reunir vontades dispersas da juventude, que deve herdar o fardo de um planeta em colapso socioambiental; na mais desapegada coragem diante das vilanias, ignorância, racismos de todos os dias, arrogância ridícula dos podres poderes, poderemos, nós, em algum café mais secreto do mundo, extrair do estoicismo algumas de suas melhores lições. Sejamos igualsolidários com os abandonados de todas as sortes. Sejamos cosmopolitas, mesmo ao cruzar esta porta antiga que esconde aromas de um tempo que, parece, nos escapou.

O CARTÃO E OUTRAS PREOCUPAÇÕES

[21/fevereiro]

Me barraram pela segunda vez na única portaria de acesso ao meu condomínio. As regras de entrada tornaram-se mais rígidas. Isso sem dúvida causa incômodo, mas é verdade que acaba sendo, entre outras medidas, fator eficaz de prevenção da epidemia em curso. Em megalópoles como Pequim, esse refluxo no ir e vir das multidões fez com que o número de pessoas contagiadas aqui na Capital não ultrapassasse, até agora, 400, com apenas 4 mortes confirmadas. Cifra modestíssima, considerando a população de 21,5 milhões. No distrito onde estou, Haidian, o número oficial de infectados é de 61. Haverá entre eles algum vizinho? Entre os poucos mortos, será que algum morava aqui do lado? Vagas apreensões, a rigor parecidas com as que temos sempre em qualquer cidade grande. Felizmente, o sol desponta, as aves retornam, a temperatura aumenta e a "sinistrose" sensacionalista desse Sr. Coronavírus vai perdendo sua força.

Mas nada como o bom Carnaval brasileiro para desmanchar qualquer pretexto a paranoias induzidas ou interessadas. Desfilam, sobretudo em blocos no Rio, fantasias de "Coroa Vírus", tanto femininas quanto masculinas. Melhor a sátira, neste caso. Melhor rir do que chorar, especialmente porque, nos ataques que vêm de Brasília, o dito do momento é que "o hoje parece muito pior que ontem". Ou, na palavra sagaz do escritor Luis Fernando Verissimo, em sua coluna no jornal O Estado de S. Paulo: estamos sob ameaça não do coronavírus, mas de uma doença muito mais trágica, incurável: o "apatifamento de uma nação".

E, como sabemos, por mais que insistam em nos iludir alguns jornalistas, economistas e cientistas, nosso cotidiano não se faz de estatísticas. Eu, aqui, agora, por exemplo: para não ter que ir dormir no viaduto, o que significaria atalho ao cemitério, preciso entrar em casa e, para tal, regularizar minha condição de morador-visitante junto ao serviço comunitário, que se localiza a uma quadra, coisa de 50 metros de onde vivo, e a 200 da portaria onde fui barrado. Para que entendam: essa vila universitária, agora reduzida a único acesso – antes eram três e o trânsito de gentes, bicicletas e triciclos era bem mais animado, os carros é que, como sempre, destoavam –, tem uma área aproximada de 60.000 m2, formando um quadrilátero retangular de 4 X 5 ruas nos sentidos norte-sul e oeste-leste. Na frente da portaria que restou, um aviso luminoso recente conclama: "Sejam solidários. Mantenham confiança. Protejam-se cientificamente. Venceremos a epidemia".

Quando duas funcionárias do serviço comunitário, sempre gentilíssimas, me concedem um cartão manual, personalizado, que será meu passe livre nesses dias de contenção, sinto pequena euforia. Nem passaporte, nem cartão de professor visitante, que ficam por ora obsoletos, agora meu cartão de emergência exibe meu nome e endereço e, no verso, reitera bons conselhos: lavar as mãos; usar máscara; deixar a casa bem arejada; evitar multidões; e não se preocupar demais. "Não se preocupar demais": com o vírus ou com a vida em geral? – pergunto à minha colega Fan Xing. "O cartão não explicita", ela responde, "mas acho que quer dizer para não se preocupar demais com o vírus". Então, gabaritei, penso. Pois todos os avisos do cartão eu já pratico. E acho que razoavelmente bem.

Mas como não se preocupar com a vida dos que estão sofrendo muitíssimo mais do que todos nós? Penso na imensa massa de esfomeados e desempregados no meu querido Brasil. Nas vítimas da violência criminal e policial, cada vez mais perigosamente igualadas. Penso na vereadora do Rio de Janeiro, negra e ativista do Partido Socialismo e Liberdade, Marielle Franco, assassinada em março de 2018, e nos mandantes de sua morte acobertados. Penso nas crianças mortas ou feridas, ou fugindo apavoradas da guerra na Síria, que se aproxima de completar uma década, sinal maior da impotência hipócrita das grandes potências envolvidas.

Penso na nossa aluna de segundo ano aqui na Universidade de Pequim, Kátia Yang, de Wuhan, que saiu de lá com a família para a pequena cidade de Shiyan, a uns 400 km a noroeste, ainda na província de Hubei. Instada a fazer livre comentário sobre nossas crônicas anteriores, em seu curso de idioma português brasileiro ministrado pelas colegas Fan Xing (Estrela) e Társila Borges, enviou de Shiyan o seguinte relato: "Professor Hardman retrata em detalhes a vida sua durante celebração fria e desanimada do Ano Novo Lunar, a vendinha da reabertura, passageiros de máscaras e o sacrifício do povo chinês. Como uma estudante universitária de Pequim, vivo sofrendo martírio com os pais numa pequena cidade na província de Hubei, o olho da tempestade de coronavírus. A vida parece mais difícil, em vários aspectos, que em outros lugares. Sob o regulamento de guerra que exige fechamento de todos os estabelecimentos públicos e a proibição de transporte, não podemos sair de casa ou fazer compras no supermercado. Oferecem-se verduras e alimentos básicos de quantidade limitada que apenas garantem as necessidades de sobrevivência, mesmo assim, precisamos pegar em tempo curtinho, caso contrário, não resta nada. Doenças além da nova pneumonia do coronavírus e

通行证和其他忧虑
O CARTÃO E OUTRAS PREOCUPAÇÕES 4

suas demandas de medicamentos são temporariamente negligenciadas. A condição geral está andando cada vez melhor, mas os problemas continuam. Como uma habitante de uma pequena cidade com tantos doentes e pouca atenção da mídia social, mal posso deixar de sentir as misérias".

Como não se emocionar diante dessas sentidas preocupações, que nenhum cartão seria capaz de afastar? Como não se abismar diante dessa redação em português de uma jovem chinesa de 20 anos incompletos, nascida neste milênio, que está cursando apenas o seu segundo ano de graduação? Como não parabenizar as colegas Társila e Estrela, que acompanham essa brava turma desde o início?

Como não conclamar a comunidade da Unicamp, estudantes à frente, para receberem, de braços abertos, Kátia Yang e mais 5 colegas que devem desembarcar no Brasil, em agosto próximo, para um semestre de mobilidade discente conosco lá no IEL? Porque, a exemplo das belíssimas ações de acolhimento que hoje a comunidade universitária está aprendendo, com os alunos negros cotistas, com os alunos refugiados internacionais, com o vestibular indígena (saúdo aqui as iniciativas da rede de apoio Ñandutí!) será mais que recomendável estendê-las também a essas jovens amigas e amigos do Extremo-Oriente.

Porque, afinal, devemos buscar a solidariedade que nos une

e nos salva, a mesma que pode e deve salvar nossa Casa Comum, a Terra, quando todos os sinais de alarme piscam e soam, graves e agudos, a Era da Emergência Ambiental. Humanos seremos não só na luta comum pela igualdade e pela diversidade, mas também para impedir, se tempo houver, que os exterminadores da vida em suas múltiplas formas continuem a ditar os destinos do mundo.

Este cartão por ora me basta e me acalma. E a certeza de que não estamos sós, também.

5

PÃO, ÁGUA E SABER: MEU CORAÇÃO É COMUNIDADE

[28/fevereiro]

Nesses dias de semiconfinamento, todos os meus caminhos levam à pequena cantina universitária que permanece bravamente aberta nessa temporada toda. Fica numa das extremidades da vila a que estou circunscrito, a uns 400 metros de casa. Com a baixíssima frequência dessas semanas difíceis, fui ficando freguês conhecido da turma de cozinheiros, copeiros e, agora, dos indefectíveis guardas que monitoram temperatura e cartões dos moradores (sobretudo famílias de antigos funcionários e professores da Universidade de Pequim). E, senhora absoluta do movimento e das cadências, a mulher que cuida da recolha de pratos e bandejas usadas, e que agora também tem as chaves da entrada. Já somos, posso dizer, quase amigos.

Na escolha dos pratos, me auxiliam na preferência vegetariana. Vou me apegando ainda mais a esses temperos e misturas ótimas, o ensopado de berinjelas com batatas, o quase obrigatório mexido de tomates e ovos, num molho levemente adocicado, o brócolis, o espinafre, o broto de feijão sempre no melhor ponto, e agora não preciso sequer ordenar: mîfàn (arroz branco). A turma já o retira do caldeirão imenso, e o põe ao fim do prato composto, em seu lugar certo, neutro, um centro para onde podem convergir todos os outros condimentos e comidas, e é assim que me protejo, porque, aqui, sabe-se, "não tem mosquito", e a batalha de todo o país contra a epidemia, nesta área de Pequim, parece por ora amplamente vitoriosa. A mulher que serve bebidas, sopas, batata-doce laranja (ótima!) e diferentes tipos de pães a vapor e empadas (mántou, bâozi, xiànrbîng), diverte-se muito com meus pedidos, sempre quer me entrouxar algo a mais, embora eu tente maneirar.

E aqui volto sabendo que não me faltará o pão de cada dia. Assim, também, a fonte de água potável, em máquina automática, a apenas 50 metros de casa, um dos meus rituais preferidos, meu cartão mais precioso, 6,5 litros de boa água a cerca de 80 centavos de real. Num país, ao contrário do Brasil, em que as águas não são excessivas, essa generosa disponibilidade é digna de nota. Em todos os hotéis, aqui, o viajante encontrará, diariamente, duas garrafas de água mineral gratuitas em seu dormitório. Há já bom tempo longe, nem imagino a quantas andou a extorsão no preço de copinhos e garrafas de água no Carnaval brasileiro.

Mas, aqui, se tenho água e comida fáceis, podemos recomeçar as aulas, agora tudo à distância, a classe conectada em uma dúzia de cidades e províncias diversas, algumas bem remotas. Vocês acreditam em coincidência? Eu prefiro dizer convergência de espaços-tempos, para não recorrer a uma palavra mais técnica e rara, tautocronismo. Fiquemos, quem sabe, com sincronia.

E, diante das barbáries crescentes que assolam nosso querido Brasil, vindas sempre de cima para baixo, vamos inverter e recomeçar de baixo para cima, com dois pensadores que Pernambuco e o século XX legaram ao mundo e que nenhuma barbárie foi ou será capaz de solapar: Josué de Castro e sua obra-prima Geografia da Fome (1946), que tratou do problema mais simples e mais essencial naquele cenário em ruínas e que, lamentavelmente, continua a escancarar sua atualidade; Paulo Freire e sua joia rara Pedagogia do Oprimido (1968), um dos livros mais citados mundialmente na área de ciências humanas, deste saudoso Professor Emérito da Unicamp, a justo título Prêmio Educação para a Paz da UNESCO e Patrono da Educação Brasileira, que nenhum mequetrefe metido a ministro da Deseducação, seria capaz, jamais, de destronar.

O poder do saber: dizer assim, aqui, é quase tautológico, numa civilização que, continuamente, em cerca de cinco milênios, sempre soube, desde as obras matriciais de Laozi, Confúcio e Mêncio, valorizar a busca incessante do conhecimento como base de humanização, mesmo e sobretudo quando diante dos abismos da ignorância e de sua irmã gêmea, violência. Conhecimento que é arte-ciência a caminho, e que pressupõe a amizade e ação dialógica. Tudo em busca de um verdadeiro sentido de vida comum que tem, como pressuposto e meta, a harmonia com a natureza e entre os humanos.

Por isso, falei em sincronia, quando, em plena semana dedicada a esse binômio tão banal e esquecido (educação-amor), despontou a Escola de Samba Águia de Ouro, lá do bairro da Pompeia, em São Paulo, de doces recordações da minha infância, como a campeã do carnaval paulistano, com homenagem a Paulo Freire numa letra que afirma, no alto acorde de sua bateria: "meu coração é comunidade / faz o sonho acontecer". A cultura popular brasileira, o que temos de melhor nesses dias de ameaças golpistas, comparece com tudo e vem até Pequim iluminar nosso ensino à distância. Sincronia harmônica digna de grandes mestres inspiradores: kairós, aquele evento que vem no "momento certo". Kairós, que toda resistência prolongada de povos sempre ensinou. Aqui, também, muito a comungar entre nossas canções, ritmos, espaços. E entre nossas lutas, claro.

Mas a China igual se fez mostrar, neste ano, no Sambódromo paulistano. Refiro-me à homenagem que lhe prestou a Escola de

面包、白水与知识：我的心是共同体
PÃO, ÁGUA E SABER: MEU CORAÇÃO É COMUNIDADE

Samba Unidos de Vila Maria, num enredo algo premonitório, feito ainda no meio do ano passado, muito antes da crise epidêmica bater aqui. E que diz: "Vila, um caso de amor na avenida / O mundo hoje te reverencia / Oh, China! Oh, China! / Um caso de amor na avenida". Sinestesia, sincretismo, simbiose, sincronia? Mágico poder esse de diálogo inter ou transcultural: China na Avenida graças à escolha inspirada da Escola de Samba Unidos da Vila Maria, um dos bairros populares mais tradicionais de São Paulo.

Idas e vindas, vindas e idas: não posso atrasar meu horário na cantina! Depois de dias mais rigorosos, em que ela se vestia como astronauta, e estava tão ciosa de seu uniforme tirando selfies, a copeira da recolha, numa tarde mais fria, olhava triste pela janela, e cantarolava uma música. Deu logo para perceber: música antiga e triste. Sem se importar comigo, nem com o colega guarda, almoçando, em seu já merecido lugar à mesa. Horas mortas, como dizem os cineastas, onde talvez se vislumbrem as mais belas cenas. E, daqui, também, a brecha de uma amizade comunitária internacionalista. Perco a vergonha, e peço a meus camaradas guardas e à copeira cantante, por mim diretora da cantina, para fotografá-los.

É só um instantâneo. Eles ficaram alegres com meu pedido. Eles não sabem, como meus alunos já sabem, da Águia de Ouro e da Unidos de Vila Maria. Mas entenderam perfeitamente quando disse: Wô shì Bâxî rén (sou brasileiro); Wô shì Beida lâoshî (sou professor na Universidade de Pequim).

Eles também não sabem, mas isso pouco importa, que nesses dias duros de Pequim aprendi a admirá-los como meus heróis anônimos, como meus guardiães.

6

CIDADE: QUANTOS TEMPOS E LUGARES?

[6/março]

Cada lugar que escolhemos para viver é uma marca do tempo. Tempo de nossa curta vida no planeta e de nossa memória pessoal ou comunitária. Mas, também, percebamos ou não, cada lugar escolhido ou visitado carrega marcas das longas durações do tempo, dos fios que se estendem até passados perdidos ou eras desconhecidas. Até culturas extintas, de que são sinais indecifráveis algumas pedras empilhadas pelo acaso de mãos operosas ou pela fúria dos elementos naturais. Tempos referidos em livros didáticos como "tal século", "aquela década", "o período de".

Na velocidade desmemoriada da sociedade tecnológica que planeja, a cada dia, a obsolescência dos objetos sob falsa aparência de inovação, precisamos aderir a novas modas que se sucedem no ritmo de sua inutilidade. Inclusive e até, especialmente, modas acadêmicas. Nosso desejo de explicação lógica e nossa arrogante ilusão de imortalidade levam-nos a todo instante a renomear o mesmo. Mas alguns lugares permanecem, e suas vias tortas, praças baldias e paredes manchadas sinalizam tempos sobrepostos e tantas vezes insondáveis.

Numa civilização tão antiga e em território tão imenso, como é o caso da China, o viajante sempre encontrará uma formidável combinação de temporalidades, inscritas em diferentes lugares e paisagens, talhadas nas faces e nas expressões corporais das multidões que, em tempos normais, atravessam febrilmente todo o país. E que promovem o maior deslocamento populacional planetário durante seu Ano Novo Lunar, processo traumaticamente abortado neste final de janeiro.

Continuo a perseguir sinais dessas temporalidades coexistentes. Fugindo do meu confinamento, chego ao bairro de Andingmen, central, onde há lojas variadas, cafés, e se sucedem inúmeros hutongs, esses becos, ruelas ou vielas tão antigos e característicos da vida popular em Pequim, hoje a maioria deles reurbanizados para abrigar hotéis e hostels, restaurantes e cafés ocidentais, moda em alta por aqui. Mas, majoritariamente, perduram moradias de famílias e ateliês de serviços, de artesãos e de artistas. Nos dias febris, que são todos os dias em Pequim afora este tempo agora parado da febre feia, os hutongs são cenários de gentes, bicicletas e triciclos frenéticos dos entregadores, a alma da circulação de mercadorias na China. Mas,

城市：多少时代？多少地方？
CIDADE: QUANTOS TEMPOS E LUGARES?

cadê?... Estão fechados, guardas voluntárias improvisam porteiras nas entradas, agora restritas aos moradores com cartão. Com minha amiga brasileira descolada e um pouco cara-de-pau, avançamos, e não me pergunte como, estamos dentro de um hutong, ou melhor, numa rede deles: mas quem nos guiará aqui neste labirinto, já que, semidesertos, nenhum percurso se pode fazer no fluxo da multidão? E, de repente, irrompem os nossos improvisados guias: quatro gatinhos que parecem amestrados por sua zelosa dona. E um coral de pássaros, afinados no mesmo compasso, revoam em parceria com os gatos, as duas espécies donas do tempo da cidade. Isso, sem dúvida, parece alentador.

A ponto de que, animados, dirigimo-nos para uma das entradas do parque Beihai, com seus quase 70 hectares e um belíssimo lago que o circunda todo, dividido em três partes intercomunicantes por várias pontes: Beihai, Zhonghai e Nanhai, literalmente, "Mar do Norte", "Mar Central" e "Mar do Sul". Encravado no coração de Pequim, é, a justo título, um cartão postal da "Capital do Norte", a tradução de Beijing. Nem gatinhos amestrados, nem pássaros na revoada da nova estação. Todos os acessos fechados, somos barrados no acesso ao parque. Riram muito os guardas voluntários de uma porteira: desacostumados a pedidos insistentes, negaram sempre, mas com desafetada simpatia. Ficaram fotos de um entardecer maravilhoso do grande lago ao fundo. Quase era possível esquecer dos dias difíceis que o país enfrenta. Já esquecíamos de ter sido barrados no lago. Porque, afinal, Beihai se sobrepunha aos tempos e às passagens.

Mas, igualmente longe da tensão e paranoia a que muitos sucumbem, essa outra pequena notícia na imprensa chinesa pareceu realmente incrível. Há poucos dias, quando equipe reforçada e paramentada de higienizadores chegou ao antiquíssimo e colossal mercado municipal de Wuhan, um dos pontos prováveis de surto inicial da epidemia, descobriram lá dentro, escondida há já quase dois meses, uma família com quatro pessoas – um casal, uma menina e um idoso. Contra todas as apostas mais arriscadas de jogo de azar, contra o mau agouro representado pelo número quatro no imaginário popular chinês (cuja pronúncia é similar à da palavra "morte"), contra todos os avisos sensatos que levaram ao fechamento do mercado, uma família não só escolheu se esconder ali, como, sendo lá também local de trabalho de um de seus membros – ao que consta, a mulher – preparou um dos cômodos naquele vasto e ora deserto pavilhão, como abrigo e morada para ela e para os seus.

Não, por favor: guarde com você as perguntas óbvias. Seria precipitado e pretensioso entender as razões. Fiquemos aqui. E, ao contrário do que poderiam apregoar mercadores de má sorte, a família está saudável e sem nenhum sintoma, e numa rara imagem que me

城市：多少时代？多少地方？
CIDADE: QUANTOS TEMPOS E LUGARES?

foi possível vislumbrar, caminham impassíveis na saída do mercado, rumo a essa cidade tão sofrida, que certamente saberá acolhê-los, como os filhos de Wuhan soem ser. Como bons habitantes dessa metrópole da China Central, todos filhos do rio Han, maior afluente do Yangtze. Já que o sol e as águas de março podem conduzir a caminhos mais felizes.

GO CHINA! (NEM PRECISA AVISAR)

[13/março]

Enquanto o Ocidente entra em polvorosa, a OMS decreta finalmente pandemia e os mercados financeiros globais derretem como carrinhos de picolé no Saara, a China parece, pouco a pouco, acordar de sua hibernação do Ano Novo Lunar, pronta para outro ciclo e outros combates. Hibernação só aparente, digamos: pois sabemos que a única espécie de urso que não hiberna são os pandas.

Algum movimento urbano já se pode vislumbrar nas ruas de Pequim, diminuto, embora, perto da azáfama diária dessa velhíssima e novíssima capital do "País do Centro", na livre tradução para o nome original da China, Zhôngguó.

Volto à livraria All Sages. Além da máscara e checagem térmica, ritual corriqueiro há várias semanas, a moça me faz pôr um par de luvas cirúrgicas, apertadíssimas. Você já experimentou usar o touch para pagar uma conta no celular com esse tipo de luvas? Não tente, por favor. Nos vários corredores de livros, só mais um cliente. Ou melhor, dois, se considerarmos o velho gato preto, que desfila entre miados, mas imperturbável por todo o estabelecimento, quem sabe descontente, como eu, com o fato de o café permanecer fechado, e ele estar privado de sua cadeira forrada preferida. Gatos pretos são particularmente populares aqui devido a um personagem de desenho animado em série, de muito sucesso entre crianças de algumas décadas atrás: Hêi Mâo Jîng Zhâng, isto é, o Chefe de Polícia Gato Preto.

E, na mesma rua Chengfu, milagre, o simpático restaurante familiar de Guangdong, comida cantonesa, reabriu discretamente. Como nas poucas vezes que vim, após o confinamento, estava só no salão, toda a família me conhece, e me servem com muita alegria. O peixe do tanque da entrada, cioso de que a epidemia lhe deu maiores chances de sobrevida, parece também alegre. E, numa parede, a legenda erguida em letras douradas, "2020 – Happy New Year", destila agora, levemente, sabor de amarga ironia. Nada que impeça, porém, a um dos empregados improvisar seu jogo de paciência, tentando derrubar garrafas vazias com um palito chinês (kuàizi) fazendo as vezes de espada imaginária. E nem que a família e o staff reduzido se sentem à mesa redonda, forma mais tradicional apreciada como espaço compartilhado nas refeições, e façam seu repasto sem nenhum incômodo da minha presença, reatualizando, no restaurante vazio, o desejo real de ano novo feliz.

Quando a epidemia esteve restrita à China, vozes agourentas ou ressentidas, ou mesmo racistas, no Ocidente, prediziam o próximo tombo do Dragão asiático. Quem ri por último ri melhor? Mas os chineses não costumam rir da desgraça alheia, até porque, amiúde, sabem que o destino da humanidade é um só. Só mesmo a insanidade de desgovernos como o que nos castiga neste instante, poderia ignorar ou levar na flauta a gravidade do quadro que ceifou mais de 3 mil vidas somente aqui na China. Se o conceito de globalização serve para alguma coisa além da euforia-depressão das cifras do mercado financeiro, deveria ajudar numa consciência ecológica planetária, que é socioambiental por princípio e comunitária (no sentido mais primordial do termo) por vocação.

O que se percebe, aqui, é que este é um povo que aprendeu, ao longo de milênios de uma civilização constituída de tantos revezes, a ter paciência, a esperar para além da afoiteza dos relógios acelerados do capitalismo. Mesmo que, contraditoriamente, tenha- se aberto para as relações de produção e reprodução ampliada do valor de troca, prevalece a ideia de comunhão popular e de solidariedade internacional. Há interesses próprios em jogo? Sem dúvida. Mas a China aparece como o grande fiador, no mapa-múndi de hoje, da paz mundial. Como o ator capaz de contribuir para a maior estabilidade nas relações geopolíticas entre hemisférios, continentes e países.

A paciência chinesa é como seu "ovo centenário" (pidàn). Quando o comprei, meio inadvertidamente, na vendinha da vila, minha colega Fan Xing explicou-me tudo a respeito desse ovo conservado durante longo período em invólucro especial, sob uma mistura de argila, cinzas, cal, sal e amido de arroz. E não é que é uma delícia? Os vídeos que se verão na internet, chamando-o de ovo "podre" ou "estragado", são parte da idiotia digital que hoje é regra: seria mais ou menos como chamar vinho de "suco de uva podre", ou cerveja de "suco de levedura azeda". A colega me confessou que, em seus 5 anos de Unicamp, muitas vezes sentiu saudades do pidàn. Quando eu me for daqui, talvez não chegue a tanto, mas apreciei bastante seu sabor apurado, sua clara escura com tons esverdeados e desenhos internos ao modo de fractais. Tradição milenar, é provável que essa técnica de preparo e conservação do ovo corresponda a períodos de relativa escassez alimentar no mundo rural, que não é outra também, entre nós, a história dos pães, queijos, charques, para não falar dos álcoois de frutos fermentados.

Mas, se a ordem é esperar, retorno sempre à cantina universitária do bairro, enturmado com toda a equipe, agora frequentada por um tiquinho a mais de gente, nem de longe comparável ao turbilhão humano que fazia filas no outono passado. Que ficou realmente na memória como um passado já distante. E lá, de novo, não há como passar ao largo do cartaz chamativo com sua palavra-de-ordem: Go China! – assim mesmo em inglês, ao lado dos caracteres que poderiam ser melhor traduzidos em português como: Força, China! O desenho é de um coração vermelho, mas, de perto, vemos que é a imagem de uma máscara. E os dizeres que encabeçam essa mensagem, de claro teor mobilizatório, conclamam: "Consolidar a confiança. Fazer a travessia do rio no mesmo barco (antigo provérbio chinês). Prevenir e curar cientificamente. Aplicar as políticas com precisão". Próximo da entrada-saída, o cartaz não é capaz de desconcentrar o guarda e nossa heroína da cantina em seu horário de almoço. Além do visitante-fotógrafo de ocasião, quem mais se interessou pela imagem forte foi um menino, que pediu ao pai apressado para lhe explicar a mensagem. Na parede, abaixo, seguem as figuras de folhagens e de uma libélula pintadas bem antes.

Libélula, esse inseto tão lendário, no Oriente e Ocidente, sugere-nos metamorfose, proximidade do verão, harmonia e boa fortuna. Também instabilidade nas suas asas trepidantes. Mas, prevalência, afinal, do equilíbrio mágico de suas asas. Go China! Nem é preciso avisar.

POR UMA OUTRA GLOBALIZAÇÃO

[20/março]

Pois é: o mundo gira, e rápido. Quando a epidemia virou realidade tangível nacionalmente aqui na China, em seu ritmo exponencial e assustador, isso faz dois meses, parecia que estávamos condenados a não se fazer entender fora deste imenso país. Para visitantes estrangeiros como eu, era uma completa sensação de exílio.

Mas, agora, os caminhos se revertem. Meus cumprimentos à reitoria da Unicamp, Campinas, Brasil, e à sua comunidade que souberam responder e decidir com a urgência e coragem que a gravidade dos fatos requer. E minha solidariedade, também, aos colegas docentes, funcionários e estudantes, em especial aos do Instituto de Estudos da Linguagem (IEL), neste momento que é de perplexidade e angústia. Minha certeza: vai passar. Mas isso só reforça a necessidade de cuidar bem de si para poder cuidar bem dos outros.

Na China, comemoramos, pela primeira vez desde dezembro, a

ocorrência de zero novo caso na cidade de Wuhan e na província de Hubei, epicentro da crise. Todos os novos casos registrados no país, 34 ontem, 21 dos quais aqui em Pequim, advêm de viajantes chegados do exterior, em particular da Europa. Que assumiu o lugar de novo epicentro, Itália tragicamente à frente, desde que a OMS reconheceu oficialmente a situação de pandemia.

É horrível mesmo não poder transitar pelos lugares que mais desejamos. Ou que necessitamos, por razões de trabalho, estudo ou laços afetivos. Nossas cidades, devoradas pelo vírus da velocidade e da digitalização generalizada, parecem dispor da tecla de um só comando: acelerar, acelerar, acelerar; consumir, consumir, consumir. E quando o perigo de uma guerra se aproxima, o botão stop produz dúvida, raiva, medo.

É necessário reaprender, com os povos tradicionais e originários, o curso dos caminhos e a esperança que se renova na sequência das estações. Mas o mundo está realmente em colapso socioambiental, por todos os ângulos e paisagens que se queira ver, e a espera pode significar somente um sonho bom, "um sonho feliz de cidade" antes do fim. Tenho percebido que a palavra distopia, até recentemente só de uso especializado em algumas esferas filosóficas e científicas, vai tomando lugar no discurso cotidiano. Por todos os lados.

Dialeticamente, utopia pode significar alento novo nas lutas por um mundo habitável por todos os humanos que forem capazes de incorporar os quase-humanos na direção de um conceito de humanidade efetivamente ainda por constituir e por se reconhecer em si e para si como tal. Adapto aqui livremente algumas considerações do líder indígena Ailton Krenak, em seu pequeno grande livro Ideias para adiar o fim do mundo, que saiu no ano passado e li com meus alunos na Universidade de Pequim, propondo que fosse justamente uma reflexão de transição entre o final de 2019 e o começo de 2020. Mal sabíamos...

E, agora, em ensino à distância há seis semanas, entramos na leitura de Milton Santos, o grande intelectual-negro-baiano-brasileiro-cidadão-do-mundo que, um ano antes de nos deixar, exatamente na virada do século e milênio, disse praticamente tudo que se poderia dizer sobre os impasses que nos ocupam nessas duas décadas desventuradas. Premonitoriamente. Em outro registro, em especial o do geógrafo urbano que jamais perdeu a referência em torno da centralidade da noção de território, retoma-se o fio dessa utopia de uma humanidade ainda por se fazer digna do nome. Refiro-me à sua derradeira obra, Por uma outra globalização (2000).

Porque, diante da hipertrofia do dinheiro fictício e desterritorializado, é preciso voltar a saber olhar para a terra de onde saímos e de onde partimos, e para onde, se alguma sorte tivermos, regressaremos. Entre as mágicas de espaços estranhos, há aquela singular dos veículos, dos meios de transporte, um dos capítulos que sempre me fascinaram nas antigas lições de geografia. Não, hoje não falarei dos trens de alta velocidade, pois merecem capítulo à parte. Ficaremos apenas com triciclos.

Na arte do desenho gráfico contemporâneo, graças à delicada cartunista chinesa Cao Siyu, podemos ter uma amostra viva desses carros que combinam tão bem o que de mais antigo e mais moderno a Pequim cosmopolita revela. Nenhuma circulação de bens – correspondência expressa, ambulantes, comida delivery, garrafões de água, coletores de lixo reciclável, limpadores de rua –, poderia se fazer, enfim, na abrangência e rapidez com que ocorre aqui e na maioria das cidades chinesas sem a participação indispensável desses triciclos, com suas e seus azes do volante insubstituíveis. Embora já tenham voltado a circular moderadamente, sem entrar nos condomínios e vilas, sinto enorme falta deles. Agora em sua quase totalidade elétricos, com um sistema de recarga imbatível, vêm muitas vezes silenciosos, afora seus sistemas sonoros de alarme e aviso de manobras que infernizam os ouvidos de quem estiver próximo.

Procuro em vão algum triciclo. Por acaso o daquela mulher vendedora de castanhas, que eu sonhava em rever na primavera. Com alguma sorte, o da mulher da vendinha da vila: mas agora mesmo ela cruzou comigo a pé, e acenou em sorriso mal escondido pela máscara, Nî hâo!, este "olá" universal da língua chinesa, de tantas traduções possíveis, mas a que eu desejaria ouvir não é aceitável nem pelo mais generoso linguista da interculturalidade.

Nessa busca dos triciclos que são o pulmão sem vírus da China, todos sabem, aqui e alhures, que quando se restabelecerem os fluxos da vida, eles voltarão a dominar a paisagem urbana que nos cerca. E, quem sabe, para além das mercadorias expressas, eles pudessem, agora, transportar algo mais. O sonho de uma outra globalização. Mas isso assim soa definitivamente abstrato. Prefiro então vê-los passar em sua balada apenas silenciosa e sincronizada. Levando recados e pedidos. As utopias reencontradas do indígena Ailton Krenak e do negro Milton Santos, a linha Brasil-China-Mundo, a melhor rota Ocidente-Oriente que pode nos reunir e afastar para sempre os demônios do vírus da deseducação – estes inomináveis seres que infestaram o planalto central da República brasileira – a qual merece realizar os melhores sonhos que já sonhou. Os sonhos, entre tantos, do seringueiro da Amazônia Chico Mendes, morto em 1988, e da vereadora negra e favelada Marielle Franco, morta em 2018. Porque, acreditem ou não, triciclos também podem voar, na imensidão dos espaços e nas promessas do tempo.

9

ESTAMOS NO MESMO BARCO E UM POVO LINDO SURGE DAS LADEIRAS

[27/março]

Estamos ou não estamos no mesmo barco?

Somente estúpidos, exterminadores do presente e espíritos do mal podem apontar para sentido diverso ao que a ciência, o bom senso e a responsabilidade aconselham a todos os mortais. Preciso citar nome? Infelizmente, não. Já que, por todos os continentes, por todos os países, há agora um nome no altar da fama do mau-caratismo incurável, em seus esgares mortíferos e seu desejo de destruição sem-fim, a que os psicanalistas chamaram, a partir de Freud, pulsão de morte, Thánatos. Vergonha! O Brasil superou outros países em matéria de exibição de um amante da violência pela violência. Não, não é hora para psicanálise de base, é hora de remover, urgentissimamente, o cancro instalado no poder central da República. De alto poder corrosivo e contaminante de toda a Nação. Não há como evitar

我们在同一条船上,一个美好的民族在山坡上现身
ESTAMOS NO MESMO BARCO E UM POVO LINDO SURGE DAS LADEIRAS

9

o assunto. Ele é manchete por todo o mundo. Vergonha!

Mas a solidariedade internacional e comunitária por todo o planeta também dá mostras de que a globalização cega e o fundamentalismo neoliberal não conseguiram derrotar a amizade entre os povos e o amor humano fraterno. Entre tantos retornos que recebo por esta série de escritos, os de amigos chineses estão entre os mais tocantes.

Assim, por exemplo, do jovem doutor em história do Brasil Gao Ran, que defendeu recentemente tese brilhante na Universidade de Pequim sobre a presença da Teologia da Libertação na resistência à ditadura militar e na luta pela construção de uma democracia social no Brasil, anota que minha referência a triciclos o fez ter saudades da infância em sua pequena cidade natal, Baodi, onde todo o transporte de passageiros se fazia nesse veículo, antes da entrada dos táxis sobre quatro rodas.

E isso rebate nas andanças que eu próprio fiz em triciclos para condução de pessoas, em cidades que ainda perduram imersas em tempos antigos: em Dali, imponente entre suas cadeias montanhosas e um lago gigante; em Qufu, cidade natal de Confúcio; e em Suzhou, belíssima entre seus seculares canais e jardins insuperáveis. Mas essas recordações também me enchem de saudades, como se fizessem parte de um passado muito remoto. Transposta já a barreira do segundo mês consecutivo de confinamento, a percepção da passagem do tempo se confunde. E os espaços, aqueles mais belos e distantes, tornam-se pinturas tão nítidas quanto evanescentes no fluxo da memória.

Quero mencionar também a bem-humorada postagem que meu prezado colega e chefe do Departamento de Espanhol-Português da Universidade de Pequim, Fan Ye, tradutor na China do escritor colombiano Gabriel García-Márquez e do chileno Roberto Bolaño, fez, há duas semanas, enviando-me uma charge do herói de desenho animado Chefe de Polícia Gato Preto, onde encara sem medo ninguém menos do que Batman.

Mas, sem ilusões: para combater coronavírus, melhor seguir confiando nas redes de solidariedade internacional, com base em conhecimento científico e compartilhado. Recebo nesta noite, em Pequim, ou nesta manhã, em Campinas, de uma ex-aluna de pós-graduação em teoria e história literária da Unicamp, nossa querida Ma Lin, também tradutora de respeito da literatura brasileira ao chinês, hoje pós-doutoranda na Universidade de Pequim, um Handbook sobre prevenção e tratamento do Covid-19, feito por autoridades médicas que enfrentaram o combate da epidemia quando de seu pior cenário na província de Hubei, e editado aqui em tempo recorde, em inglês. Já o divulguei entre colegas, amigos e estudantes no Brasil.

Mas algo sonhei que diz que será enviada boa ajuda da China ao

我们在同一条船上，一个美好的民族在山坡上现身
ESTAMOS NO MESMO BARCO E UM POVO LINDO SURGE DAS LADEIRAS

Brasil para o bom combate. A solicitação direta de ajuda feita pelos nove governadores do Nordeste, encaminhada à Embaixada da China, seguida por vários governadores da região Norte, certamente terá sua resposta. E, na melhor tradição dos rituais de troca de presentes na cultura chinesa, essa carga de auxílio humanitário (máscaras e equipamentos) poderia vir acompanhada de alguns versos, quem sabe de algum poeta brasileiro, entre tantas vozes possíveis, a reiterar que o caminho da vida humana e não humana, no planeta, é absolutamente um só. Estamos no mesmo barco. E os sinais de catástrofe não são poucos.

Como lá na Itália, em Milão, há cerca de pouco mais de uma semana, chegaram 400 mil máscaras e 17 toneladas de equipamento hospitalar. Doação da companhia Xaomi, estrela ascendente na indústria tecnológica e de eletrônicos, com sede em Pequim. Na faixa que desenrolaram no aeroporto Malpensa, os versos atribuídos a Sêneca, poeta e filósofo do estoicismo, em italiano: "Somos ondas do mesmo mar, folhas da mesma árvore, flores do mesmo jardim". Não há, nesta hora, como duvidar do sentido da frase.

Nesta semana, trabalho com meus alunos aqui em Pequim, sempre no ensino à distância, entre outros textos, o "Manifesto da Antropofagia Periférica", lançado em 2007 pelo poeta Sérgio Vaz, na esteira do coletivo que ele criou, a Cooperativa dos Artistas da Periferia

(Cooperifa). Em sua abertura se lê: "A Periferia nos une pelo amor, pela dor e pela cor. Dos becos e vielas há de vir a voz que grita contra o silêncio que nos pune. Eis que surge das ladeiras um povo lindo e inteligente galopando contra o passado". No final, o brado, em caixa alta: "É TUDO NOSSO!" E, no meio, o caminho: "A Periferia unida, no centro de todas as coisas".

Estamos ou não estamos?

10

SE ESSA RUA, SE ESSA LUA, SE ESSA LUTA: COMUNHÃO DA CIDADE RENASCIDA

[3/abril]

Pequim ensaia sua volta à normalidade, depois de mais de dois meses de semi-confinamento. A primavera chegou com tudo e a paisagem da cidade tem mudado rapidamente nesses dias: flores de tantas cores, aves de muitos cantos, crianças de vários brinquedos, um tocador solitário de flauta chinesa, uma pianista de teclas hesitantes nalguma janela, todos tentam recuperar espaços de circulação e convivência livres do covid-19. Cuidados e restrições se fazem ainda muito presentes, porém. Mas a vida volta, ainda mais viva.

E como é bom ouvir novamente os sons e ruídos característicos dessa grande cidade! Até mesmo aquelas gravações sonoras de avisos nos veículos dos entregadores expressos são por ora bem-vindas. Cidades terão alma, além do corpo desenhado em cada mapa. A alma de Pequim se esboça em algum ponto inescrutável entre razão e coração.

Entre as leitoras e correspondentes mais assíduas dessas crônicas, quero mencionar, com muita alegria, a presença regular da estimada Sra. Weng Yilan. Para quem não a conhece, ela é a primeira depoente-cantora no magistral documentário Canções em Pequim (2017), da cineasta paulista Milena de Moura Barba, que foi feito como seu trabalho final de mestrado na Academia de Cinema de Pequim. Você ainda não viu o filme? Baixe logo na internet e não perca, experiência obrigatória! Filme-documentário inteiramente rodado aqui, a cena com a Sra. Weng surpreende desde o início: ao invés de canção chinesa, ela começa, muito afinada, a cantarolar: "Se essa rua, se essa rua fosse minha...", e prossegue, incólume, até o final. Depois, a revelação: nos idos de 1960, ela foi aluna de Português da saudosa professora de São Paulo, Mara, na Universidade de Comunicação, pioneira do ensino da nossa língua aqui, com intuito de formar jornalistas e diplomatas. Ela própria fez carreira na Rádio Internacional da China, antes de trabalhar no Ministério de Relações Exteriores.

Sua assiduidade como nossa leitora me conforta. Sempre traz observações sagazes, para além de sua generosa empatia. E o que fazer das ruas quando voltarem a ser nossas? Estabelecer nova trilha do coração restituído ou repetir o trajeto automático da alienação de cada dia?

如果这条道路，如果这轮月亮，如果这场战斗属于我们：重生之城的共识
SE ESSA RUA, SE ESSA LUA, SE ESSA LUTA: COMUNHÃO DA CIDADE RENASCIDA

E, como na língua chinesa não se estabelece distinção fonética relevante entre o "r" e o "l", pensemos nessa rua sonhada como o lado oculto da Lua, afinal a agência espacial nacional da China celebrou, no início de janeiro passado, a passagem de um ano da missão da Chang'e 4. Que poderia ser transportada, por que não?, para uma noite de lua nova aqui no bairro. Onde apenas gatos-faróis me guiam no caminho entre quadras e folhagens. E se essa lua fosse minha?

No salão Lua, reaberto há três dias, posso aparar os cabelos depois de três meses. Máscaras e indumentárias especiais, como a de cosmonautas terrestres, formam agora a nova rotina. Marilyn Monroe me saúda do pôster: poderia haver recepção mais prazerosa? O salão é unissex, mas desta feita só um cliente por vez. Como se não bastasse, é Kristen Stewart quem me encara da tela dos tablets embutidos abaixo do espelho, num anúncio de beleza. Assim não dá, não há penteado que resista. A equipe veloz qual viajantes do espaço termina um corte à la Beijing, agradecem e pedem um selfie. Acho que a Lua baixou na Terra, e agora tem início o Ano Novo, que a tragédia no mundo marca como novo período histórico.

É preciso ter, diante do cenário, mais pés no chão. Por isso, antes do Templo da Lua (que chequei no mapa, fica no extremo Nordeste da cidade), fui visitar, ontem, por recomendação expressa de uma amiga, o Templo da Terra, Ditán, magnífico conjunto arquitetônico num parque público municipal lindíssimo, na área central de Pequim, obra das alturas de 1530, dinastia Ming. Que ditosa tarde de sol e vento a Terra nos oferece em seu logradouro! Por aqui, a apenas R$ 1,50 de ingresso, é possível ver, como no outono passado com as folhas, nuanças na coloração das flores, que os chineses tanto adoram pintar, fotografar ou simplesmente admirar. Aqui, também, todos os jogos com petecas, raquetes e bolinhas, em duplas ou quádruplas, nisso também os chineses são craques.

E, no centro e ao lado de tudo, esse bailado mágico das pequenas e pequenos mascarados, crianças em suas patinetes entre ruas verdes e a meia-lua que, imperiosa, despontava num céu claro de meia tarde. Criança com as varetas e o balde de fazer bolhas gigantes de sabão, espetáculo fugaz de velhos a bebês. Crianças empinando pipas ao embalo de ventos benfazejos, outra especialidade desta terra, de difícil concorrência.

Os templos e altares ainda estão fechados, mas ninguém parece se importar com isso. Basta por ora o passeio ao ar livre, em terra acolhedora e ruas transitáveis. E basta essa lua insinuante e nada oculta: sua aparição repentina, aqui mesmo no Templo da Terra, cenário tradicional de feiras populares no Ano Novo Lunar, pode vir a ser auspiciosa na luta por um novo mundo – menos desigual e mais solidário.

如果这条道路，如果这轮月亮，如果这场战斗属于我们：重生之城的共识
SE ESSA RUA, SE ESSA LUA, SE ESSA LUTA: COMUNHÃO DA CIDADE RENASCIDA

Luta por novas rotas que reponham as periferias no centro. E que refaçam os caminhos. E restituam à Mãe Terra o coração que lhe foi roubado por nossa espécie, que só assim, nessa luta única, poderá ser digna ainda, um dia, quem sabe, de se considerar efetivamente uma humanidade de humanos. Ou apenas um sonho comum de cidade. Lua à vista!

11

DUAS LÁGRIMAS NA PONTE DE DANDONG

[12/abril]

80 dias de paciência e espera. Há muito sol, há muitas flores, há flocos leves esvoaçantes, há pássaros inquietos para anunciar que toda transumância será possível, e nenhum cordeiro será sacrificado em vão. Há muitos frutos benditos, há muitas promessas nas crianças que saem em desabalado passo na busca de arredores plenamente habitáveis. De clareiras claras e seguras.

Há vontade de vida renovada em Pequim. Há desejo de que a humanidade seja de fato humana e una e húmus na sua busca de paz cosmopolita perpétua, que o filósofo sonhou e a maldade dos maus no mundo fez soçobrar ontem e hoje, e ainda agora, neste nosso Brasil injusto, desigual, dilapidado, coração em chagas dos predadores que o rapinam. Dos boçais que o amputam. Dos desgraçados que o dividem. Dos capitães do ódio e seus comandantes convertidos em soldadinhos de chumbo. Da feiura de todos esses monstros patéticos

丹东桥上的两滴眼泪
DUAS LÁGRIMAS NA PONTE DE DANDONG

que um dia serão pó sobre pó na estrada aberta dos pastores da boa verdade.

Mas, aqui, há vontade de uma memória que consagre o instante sublime de uma República que se fez popular na luta, muito antes que o surto de morte fosse pandêmico. Até o combate do vírus aqui assumiu tom épico. Por isso, agora liberado para passear por ruas ruidosas em crescente cidade feliz, fico só em casa, e sonho com as viagens feitas até janeiro, que ficaram longe no tempo, distantes no espaço, mas alcançáveis na alça de fotos fátuas, nas águas sábias e salobras do rio Yalu, na compaixão que a história apenas nos pede. Nas duas pontes que Dandong nos propõe: a ponte quebrada, museu aberto da guerra da Coreia; e a ponte refeita, inteira, da amizade sino-coreana, a invocar caminho aberto à paz. Que, se hoje precária e pendente, lança-se como projeção de passagem possível e por todos comungada.

Era final de setembro. No dia 1º. de outubro, a festa nacional dos 70 anos da República Popular da China mobilizava o país inteiro. Viajei cerca de 700 Km entre Pequim e Dandong, na província nordeste de Liaoning, cidade limítrofe da Coreia do Norte. Lá, conhecia o pesquisador Li Guangle, doutor e pós-doutor em Direito Internacional pela Universidade de Bolonha, desde a residência universitária de Borgo Panigale, em que Giorgio, seu nome de adoção na Itália, discutia comigo, há quase 7 anos, sobre os impasses da política mundial na atualidade, ao mesmo tempo em que revíamos, na Cinemateca da via Azzo Gardino, as imagens únicas e hoje completamente mudadas da Pequim filmada por Antonioni em seu magistral Chung Kuo (1972).

  Esta cidade fronteiriça tem o imenso rio Yalu a atravessá-la, com seus 1.400 km, que nasce no mítico monte Baekdu e se abre em delta no mar Amarelo, separando, em toda a sua extensão, a China da Coreia do Norte. Eram dias e noites belas naquele início de outono. Ao largo da beira-rio, era possível passear infatigavelmente, vendo a agitada sequência de lojas e ambulantes que todo ponto limítrofe atrai como ímã. E caminhar pela ponte quebrada, resultado dos bombardeios norte-americanos na altura de 1950-51, que castigaram de modo atroz essa cidade, na expectativa de refrear a entrada dos chineses na guerra, recém-saídos de outra guerra prolongada, que tinha expulsado os japoneses invasores e visto nascer a República Popular. As ruínas da ponte antiga de Dandong, em seus 940 metros interrompidos, fazem lembrar os milhares de mortos que o rio Yalu guardou. E funciona como museu público a céu aberto. Ao lado, cerca talvez de 200 metros sentido norte, ergue-se uma ponte mais nova, também bombardeada, mas reconstruída, por onde trafegam trens, caminhões e carros. À noite, luzes projetavam cores magníficas, a celebrar também a Festa Nacional. Na outra margem, sempre visível, mas distante, enigmática em suas construções silentes, a cidade norte-coreana

11

DUAS LÁGRIMAS NA PONTE DE DANDONG

de Sinuiju.

Graças ao apoio do amigo Li Guangle, pude percorrer de barco esse trecho urbano do rio Yalu. Mas nada foi mais tocante do que as caminhadas noturnas ao longo da beira-rio. Numa noite, entre espigas de milho assadas na hora, no passo da multidão de vendedores e andarilhos, vendo o jogo de cores luminosas jorrar em arco da ponte nova, deparei com duas pessoas que até hoje ouço numa música estranha e demasiado humana.

Um jovem adolescente, portador de síndrome de Down, que chamarei aqui de Hên Hâo (= Muito Bom), cantando uma toada antiga e triste, mas viva em súplica, puxava, numa corda, um carrinho de madeira que transportava sua mãe, senhora na altura dos 50 anos, paralítica, que carregava um rádio também antigo e um discreto pote para receber auxílios. Revejo agora a cena: eles vêm e vão, cruzando ao largo da ponte que é só cores, ao ritmo do lamento musical de Hên Hâo, numa trilha que parece de início ser recebida com indiferença pelas tantas gentes; depois, não, é como se seu compasso fosse de todo familiar aos ambulantes, e três senhoras se aproximam do carrinho e doam auxílios que são recebidos pela mãe e respondidos por Hên Hâo com a elevação de sua toada em quase grito, súplica que supera sacrifício, alegria que quer num rápido instante se fazer entender.

Hesitante e comovido, eu, o único viajante ocidental em toda aquela beira-rio de tanta história, me aproximo tímido e dou uma esmola, mesmo sabendo que esse gesto não é tão comum nem tão valorizado nas relações sociais desta República. Que, naquela noite, celebrava um feito maior na história do século 20: a fundação de um regime popular revolucionário e a construção de uma nação que hoje se apresenta, sem dúvida, como a principal potência – não colonialista, não racista, não imperialista – deste século 21 tão transtornado.

A mãe me olhou com ternura e me agradeceu com um Xièxie, para além de qualquer formalidade, que se combinava com o canto esquisito de Hên Hâo, que evocava os milhares de mortos da guerra da Coreia no rio Yalu, e punha ainda uma musiquinha em sua radiola, que para mim era como um adeus, um até sempre, um somos-todos-iguais. E chorei porque era justo chorar.

E se há motivo de canto e motivo de choro, que seja aquele da compaixão maior de todos os Cristos sacrificados pelo direito dos miseráveis, de todos os Maomés proféticos de paz e de bondade, de todos os Budas que se imolaram contra a guerra do Vietnã, que minha geração viu e nunca mais pode esquecer. Porque assim é: ou a Páscoa é a dos que nada têm, ou ela também não é nada. Disso, Hên Hâo sabe bem desde que cresceu no seu canto de lamento e luz. Disso, sua pobre mãe sabe bem, desde que teve como dádiva um carrinho, um rádio rouco e um filho boníssimo sob a ponte de Dandong.

MINHA CHINA TROPICAL

[17/abril]

O chinês deitado no campo. O campo é azul, roxo também. O campo, o mundo e todas as coisas têm ar de um chinês deitado e que dorme. Como saber se está sonhando?

(Carlos Drummond de Andrade, "Campo, Chinês e Sono")

Será que foi um sonho? Quanto tempo terá se passado? Aqui estão os bilhetes do trem veloz de longo curso para Yunnan, província no extremo-sul da China. Tenho também os do avião entre sua capital, Kunming, e a pequena pulsante cidade de Jinhong, 700 Km ao sul, sede da prefeitura autônoma de Xishuangbanna, centro da etnia Dai.

Isso parece que ficou bem longe no tempo. E, no entanto, os tickets dizem que se passaram só três meses. É Christina, a anfitriã do hostel à beira do rio Mekong, quem me desperta a memória, ao enviar, nesses dias, um vídeo de uma alegre batucada. Sim, um povo alegre à volta de uma mesa enorme canta, bebe, toca e batuca. Sua filhinha Yî (= a número 1) parece entrosada no sarau, a número 1 que tem dois anos. Sim, agora começo a lembrar. É o Festival da Água, da Água Espalhada, respingada, chapinhada, jorrada. Da água molhada. Celebrado desde o dia 13 de abril pelos Dai. Originário da Índia hinduísta, mas perfeitamente aclimatado pelos budistas no Sudeste asiático, lá em Yunnan tem seu lugar especial no calendário de um povo que é feliz na festa, que respira música nas batidas da natureza exuberante. Jinhong, sul do sul, está a poucos quilômetros das fronteiras do Mianmar e Laos. Isso fica a mais de 3 mil Km de Pequim.

E me vem a feira interminável à beira-rio, em que se encontra tudo – artesanatos, roupas, utensílios, comidas –, que me punha de repente no alarido de uma grande feira nordestina brasileira. Só que esta era chinesa sulista, com tantas cores e luzes e corpos brilhantes na noite interminável do Mekong mágico, literalmente Mãe-Água, aquele rio que em algum ponto entre Laos e Tailândia vê suas águas lançarem bolas flamejantes que espocam no ar. E em Jinhong, onde cruzava uma de suas enormes pontes espraiadas, via a balada de motos e triciclos que me reconduziam ao Vietnã, à renascida Ho Chi Minh, onde presenciei as mais belas baladas de motos noturnas, um balé sincopado de um povo que passa em paz e sereno depois de tantas guerras, lá perto do delta desse mesmo Mekong, hoje doente de tantos maus-tratos, que fazem fugir os peixes e acumular o lixo.

Mas, em Yunnan, comidas e bebidas se oferecem em profusão e variedade incomuns por toda essa extensa e diversa província. E isso também na capital, Kunming, e na belíssima Dali, a oeste, cravada num vale entre o grande lago Erhai e o sopé da cadeia de montanhas Cangshan, que seguem rumo ao Tibete. O budismo, ali, faz notar sua presença marcante. Como, por exemplo, no incomensurável Templo dos Três Pagodes. Bairros antigos circundam essa área, em núcleos dispersos na transição do urbano ao rural. Foi lá que viajei no triciclo de Tian Fêng, um az da condução, a desafiar o mais veloz dos ventos gélidos a bater na cara. E os tempos se justapunham na amplidão do espaço. E a estrada era de todos os que nela se aventuravam. E Dali suspendia qualquer presunção, Dali não era daqui.

E, naqueles dias ditosos, não havia vírus nem medo. Era um inverno frio, mas ensolarado. A ponto de ser possível trilhar a pé o parque geológico da Floresta de Pedras calcárias em Shilin, na região de Kunming. Fascinante, como tudo que nos lembra que a história do planeta é muito mais antiga que a de nossa arrogante espécie, e possivelmente sucederá logo mais, como floresta de desertos, à sanha suicida que o capitalismo global consagrou, a menos que um novo regime mundial saído das ruínas do coronavírus seja capaz de combinar civilização ecológica, solidariedade social ativa e multilateralismo cooperativo internacional, para além do rame-rame das corporações e do seu Deus ex machina, o mundo-mercadoria.

Xishuangbanna, nome comprido, afetos largos: na reserva ambiental de Sancha He, em quase tudo idêntica a uma floresta úmida amazônica, a não ser pelos seus visitantes ilustres, elefantes selvagens, que hoje escasseiam; no gigantesco parque botânico tropical, em Menglun, que nos confronta com essa sua estranhíssima familiaridade e sublime beleza, palco de muitos desenhistas e pintores. Minha China Tropical é toda essa paisagem em movimento amplo e lento, agitado e sereno, ruidoso e pacífico. Ficou lá atrás e lá embaixo. Mas mora aqui no coração sem palavra.

Saudades! Sempre discordei dessa mitologia que atribui essencialismo lusófono intraduzível a esta palavra. Toda tradução, toda traição, toda transculturação serão sempre possíveis, basta o gesto da troca, do desejo de comunhão igualitária.

E como ela difere, minha China Tropical, daquela outra idealizada por Gilberto Freyre, que a pensava circunscrita ao Brasil miscigenado e luso-tropicalista, em mitos que alternavam a visão de classe de um patriarcalismo "cordial" à la Casa Grande, com uma raiz lusitana da pior espécie, inspirada no fascismo colonialista retardatário de Salazar. São, a rigor, "Chinas" contrapostas.

Freyre, grande pesquisador e ensaísta pernambucano, escreveu a primeira versão de seu artigo, "Por que China tropical?", em inglês, para uma revista acadêmica, em 1959. Publicado em português, pela primeira vez, em 1971, no hoje clássico volume de ensaios Novo Mundo nos trópicos, da coleção Brasiliana, teve uma reedição recente graças a um trabalho primoroso de organização de Edson Nery da Fonseca, que o reuniu a outros escritos "orientalistas" do autor, em 2011, num livro chamado: China tropical. Admitindo afinidades culturais profundas, Freyre propugna ao Brasil assumir um destino que o reconcilie com o luso-tropicalismo, equidistante, ao mesmo tempo, do limitado liberalismo norte-americano, do já então decadente eurocentrismo, incorporando, por sua vez, tudo que o Oriente nos legou, até imperceptivelmente.

Poderíamos, a meu ver, quem sabe, tentar o caminho inverso, bem diverso, sem medo do campo aberto, da rota longínqua, da língua estranha, dos murmúrios que contêm mistério, mas também do sonho que nos convida a parar. Ou, nas palavras do poeta: "Ouve a terra, as nuvens. // O campo está dormindo e forma um chinês // de suave rosto inclinado // no vão do tempo." (Carlos Drummond de Andrade, "Campo, Chinês e Sono", 1945).

13

O MORCEGO E NÓS

[24/abril]

Uma coisa é certa. O colapso socioeconômico e sanitário mundial produzido pela pandemia do coronavírus vai abrir um novo período na história. Profetas do neoliberalismo terão que enfiar a viola no saco. Muitos já enfiaram. Outros serão convidados a tal depois de continuar a rezar em suas cartilhas ridículas.

Se o mundo, para quem o podia ver sem as ilusões que corporações e governos tentavam fazer passar, já era a diáspora sem rumo de 70 milhões de refugiados internacionais e deslocados internos de guerras, colapsos ambientais, perseguições étnicas, religiosas e políticas, é muito provável que, a julgar pelas previsões de órgãos insuspeitos como ONU, FMI e Banco Central Europeu, essa cifra atinja centenas de milhões de pessoas em futuro próximo. A recessão que estava presente no horizonte da economia global deve se aprofundar em depressão equivalente ou maior daquelas vividas nos cenários da

蝙蝠与我们
O MORCEGO E NÓS

13

crise de 1929 ou do pós-II Guerra Mundial.

Como ficaremos? Se é verdade que a pandemia é efeito também da crise socioambiental planetária, do avanço da nossa espécie sobre florestas e ambientes silvestres, difícil prever o que poderá advir desse que foi o maior desarranjo recente nas interações biológicas dos seres humanos com outros animais.

Haverá tempo e lugar para uma nova consciência? Difícil prever. O fato é que não há mais escusa para o consumismo desenfreado baseado em pecuária extensiva e predatória de ecossistemas essenciais como o da Floresta Amazônica. Nem na expansão desmedida da soja que destrói biomas inteiros como o Cerrado brasileiro. Nem nas criações em larga escala que atraem outros mamíferos. Nem na caça que extingue várias espécies. Nem nas minerações que destroem montanhas, rios e florestas. Nem no petróleo, mal maior do século XX, que traz seu rastro aniquilador de modo trágico no século XXI. Nem na civilização do plástico assassino de tantos rios, lagos e mares. Não dá mais para ignorar o extermínio continuado de povos originários e a predação de seus últimos territórios. Não dá mais para boicotar nem adiar políticas de saúde pública máxima, universal e comunitária.

Não dá mais para continuar a crer na espiral da ciranda financeira feita só de especulação e capitais fictícios, sem nenhum lastro produtivo ou ambiental. Não dá mais para fingir-se de tontos e silenciar diante da mercadoria-espetáculo que se impõe sobre a vida humana planetária mediante a produção e reprodução da mentira, de todos os sectarismos, da hipertrofia narcísica dos egos, da "traição da democracia pelas elites" (Christopher Lasch). Diante da tecnologia digital apropriada de modo faccioso ou até fascista por bandos bem aparelhados a serviço da dominação de massas de modo autoritário ou até totalitário. Do eu-mínimo (de novo, Lasch) convertido em bolha máxima da alienação.

Não dá mais para abandonar o planeta à incúria de seus assassinos. Não dá mais para abandonar os pobres e miseráveis à sorte dos azares que eles jamais criaram. É preciso Estados e órgãos multilaterais fortalecidos para defender o primado da vida humana e dos biomas terrestres sobre todas as outras coisas e interesses. É preciso voltar a entender e praticar, em toda sua extensão e consequência, os conceitos contidos nos vocábulos cooperação e redistribuição.

Haverá tempo, haverá lugar? Não sabemos. Que haja, por ora, vontades disponíveis para se organizar e assumir esses desafios. E vejo que há muitas. O problema maior parece ser ainda sua dispersão. Mas, quem sabe, o confinamento involuntário não produza a visão de dentro que tudo pode religar? E o que venha de dentro possa iluminar o que está fora, e o que está fora possa se reunir ao que está dentro?

蝙蝠与我们
O MORCEGO E NÓS

Meus alunos seguem estudando com afinco, em 12 cidades e províncias diferentes dessa imensa China. Tudo à distância. Tudo perto, porém, quando a alma quer e os corpos em movimento respondem. A primavera é plena. Nosso campus aqui em Pequim permanece vazio e fechado. Abrirá depois das grandes celebrações do Primeiro de Maio e do 4 de Maio? Todos os setores – professores, funcionários e alunos – esperam sempre que sim.

Leituras fluem. Pensamentos vêm e vão. Alunos de idiomas da Universidade Normal de Pequim, nas áreas de português, espanhol e alemão, produziram pequenos vídeos de mensagens solidárias, como parte de suas tarefas escolares. Isso se repete por todo lado. Meus alunos da BEIDA leem tudo que proponho, e seus retornos chegam a ser, muitas vezes, surpreendentes e tocantes. Rara vez a solidão docente, agora radical, tem sido tão compensada. Entre tantas autoras e autores brasileiros, selecionei alguns poemas do enorme artista da Paraíba, Nordeste do Brasil, que foi Augusto dos Anjos (1884-1914). Pois a classe respondeu na lata, e as análises e comentários deles recebidos me conduzem naturalmente a lhes atribuir notas elevadas. E a poesia, nesse círculo voador, pode dar sempre o que pensar.

Será que haverá um morcego portador dessa consciência humana que parece adormecida, recolhida à rede de um quarto depois da meia-noite? Que temos a mais do morcego, afora a pretensão de senhores de uma natureza que já morre, que já matamos? Será possível que ainda ninguém percebeu? Será que podemos apostar na virada de lado, de lógica, de valores? "A Consciência Humana é este morcego! // Por mais que a gente faça, à noite, ele entra // Imperceptivelmente em nosso quarto!" (Augusto dos Anjos, "O Morcego". In: Eu, 1912).

14

O HOMO PEKINENSIS E O *MUNDO*: NAS VOLTAS QUE O TEMPO DÁ

[4/maio]

A única certeza: ainda estou aqui. E aqui vou ficar por um bom tempo. Quais sinais de duração além do relógio, do calendário?

Do Ocidente que ainda se arroga protagonista em meio a curvas infindáveis de coronavírus, dos mortos convertidos em estatística, dos especialistas de araque que se revezam entre obviedades, mentiras e exibicionismos? De filósofos que continuam a arrotar filosofias vãs? De economistas que continuam a esgrimir gráficos inócuos? Das rodas on-line de conversas vazias? De governantes que já não disfarçam seu absoluto desgoverno? Entristece sobretudo ver o mundo ruir em meio a tanto tumulto e arrogância.

Mas não há esquecer. Nesse Primeiro de Maio, vou de metrô até a estação da Biblioteca Nacional da China e tento interagir com um sol forte de primavera, na casa dos 32 graus. Entro no parque Zizhuyuan (do Bambu Roxo). Quantos parques e jardins públicos reabertos em Pequim! O Zizhuyuan revela particular beleza, com um lago imenso repleto de ilhazinhas de nomes harmônicos, como a do Lótus Azul. E vêm famílias, todas as gerações reunidas, e vêm casais, e vêm estudantes e trabalhadores, entre piqueniques nas sombras de bosques de chorões e árvores floridas ou verdes só-folhas. E penso na continuidade dos parques. E penso nas voltas que o tempo dá.

Em dezembro, numa visita à cidade de Qufu, província de Shandong, Leste da China, terra natal de Confúcio, eu e meu colega José Medeiros, cientista político residente há 12 anos aqui, professor da Universidade de Estudos Internacionais de Zhejiang, Hangzhou, fomos surpreendidos, entre tantas belas surpresas que este país reserva ao visitante disponível, por cena de rua que não era turística nem celebrativa, apenas cotidiana e talvez milenar. Uma mulher moradora do bairro em que estávamos girava um moinho de pedra manual antiquíssimo, com eixo de ferro, de uso comunitário, para moer grãos. O moinho ficava na rua. A vida rural, nesse quadro, mantinha seus elos, formas e ritmos.

A cidade de Qufu cresce, e muito, como todas as cidades na China. Mas o uso do velho moinho mantinha-se intacto ali. Para quem conheceu esse clássico da moderna sociologia chinesa, a obra Xiangtu Zhongguo (China da terra), do antropólogo social Fei Xiaotong (Xangai, 1947), que foi traduzida em inglês como From the Soil: the foundations of Chinese

北京猿人和《世界》：在时间的回转里
O HOMO PEKINENSIS E O *MUNDO* : NAS VOLTAS QUE O TEMPO DÁ

Society (1992), isso não deveria propriamente surpreender. Essa permanência de traços rurais arraigados, em plena etapa urbano-industrial e tecnológica avançada da civilização chinesa, é uma constatação que se pode ter a cada dia, aqui, nos mais diferentes lugares.

Urbanoide inveterado, as paisagens rurais e silvestres me fascinam em seu melancólico sinal de próxima desaparição. De lugares os mais imprevistos, a roda do moinho do tempo se refaz. Assim, foi com muita alegria que recebi carta da leitora Paula Santos, bibliotecária municipal na cidade de Beja, Alentejo, Portugal. Ela buscava, como ciosa bibliófila que mostra ser, a fonte da citação daqueles versos atribuídos a Sêneca, numa das crônicas anteriores: "somos ondas do mesmo mar / folhas da mesma árvore / flores do mesmo jardim". O assunto tinha viralizado na internet e eu me apoiei, entre outros artigos, numa matéria do jornalista Pepe Escobar, saída no Asia Times e reproduzida no portal de notícias Brasil 247: "Somos todos estoicos agora" (20/03/20). Ao buscar novas referências para responder à gentil Paula Santos, vejo que houve um equívoco generalizado, internacional, em que muita gente incorreu, inclusive a comitiva enviada pela empresa chinesa Xiaomi, que preparou faixas e cartazes com a frase, como gesto de fraternidade para com o povo italiano, ao desembarcar em Milão trazendo doação de toneladas de equipamentos de combate à pandemia. E muitos italianos também entraram nessa falsa atribuição, já que, segundo Sofia Lincos, num artigo em queryonline.it, em 12/03/20, tudo começou numa placa existente em um parque público de Verona, onde, abaixo daqueles versos, está gravado que foram "inspirados em Sêneca". Sem dúvida, seu sentido geral parece plenamente compatível com o estoicismo, apesar de autoria indefinida. À Paula Santos, nossos sinceros agradecimentos.

Homo Pekinensis

Como é possível quebrar, ao acaso e de modo incerto, as amarras do tempo, no território de uma mesma cidade? Em Pequim, será sempre possível traçar novas excursões a temporalidades extintas. Bastam curiosidade e pique. No início de janeiro, antes de qualquer confinamento, fui até o parque arqueológico Zhoukoudian, com o doutor em história do Brasil, Gao Ran. Queríamos acompanhar rastros e trajetórias do Homo Pekinensis. Distante cerca de 50 Km do centro de Pequim, a sudoeste, num subúrbio ainda pertencente à capital nacional, o museu e a enorme caverna no monte Longgu refazem o percurso de várias gerações de paleontólogos e arqueólogos que, desde a primeira descoberta de ossos desse hominídeo, em 1921, até hoje, continuam a fornecer pistas sobre como viviam esses nossos antepassados.

Eram gregários. Usavam o fogo. Será que pensavam, falavam? Inicialmente classificados como uma espécie distinta de primata, depois foram agrupados numa variante da espécie Homo erectus. Já caminhavam como bípedes. E conheciam formas elementares de cooperação. Distantes do mar, deviam, no entanto, saber-se folhas da mesma árvore e flores da mesma relva que circundava as encostas e o terreno calcário da futura aldeia de Zhoukoudian. Mesmo hoje, o visitante sen-

O HOMO PEKINENSIS E O *MUNDO* : NAS VOLTAS QUE O TEMPO DÁ

te esse aspecto ainda rural e, entre 500 ou 300 mil anos atrás, intervalo em que os Homo Pekinensis terão vivido ali, a existência de bosques mais fechados compunha esse ambiente vital para as origens de nossa problemática espécie.

Num pequeno restaurante popular, na rua de terra que circunda a área cavernosa das escavações, encontramos ótima comida e melhor acolhimento. Dr. Gao me lembrava, entre almoço e caminhada, dos trabalhos realizados ali pelo teólogo francês Teilhard de Chardin, jesuíta dissidente, paleontólogo, que, indisposto com o Vaticano, foi mandado para a cidade portuária de Tianjin, no início dos anos 1920 e, logo depois, já em Pequim, começou suas pesquisas em Zhoukoudian. Banido da Igreja, mas depois reabilitado e considerado inspirador da Teologia da Libertação, é na futura capital da República Popular da China que escreve sua obra-prima, O fenômeno humano (1940), que busca o que parecia e parece, até hoje, síntese impossível entre fé e razão, entre ciência e religião. A influência da busca científica de nossa ancestralidade no Homo Pekinensis é notória sobre sua visão temporal de longa duração e da complexidade evolutiva da matéria até o que podemos admitir (e desejar) como "condição humana".

Será que Chardin poderia vir a ser lembrado quando Pequim e Vaticano buscam, nesses últimos tempos, uma reaproximação, desejada por ambos os Estados, já que o único país de toda a Europa a não manter ainda relações diplomáticas com a China é justamente o Vaticano? Cooperação solidária é tudo que o mundo, a Oriente e a Ocidente, necessita, num cenário pós-pandemia. Para além de fundamentalismos econômicos, religiosos, políticos, ideológicos, importa muito mais pensar nas formas e métodos da vida comum entre povos de uma espécie às vezes tão cindida de si própria e, mais que tudo, dos ambientes naturais de onde nasceu e dos quais, queira ou não, ainda depende radicalmente se desejar prolongar sua aventura nesse planeta.

O Mundo

Mas de que mundo ou mundos podemos esperar algo de bom para a vida comum planetária? Se fomos até Zhoukoudian buscar alguns sinais, parece proveitosa essa direção sudoeste. Pelo menos para quem, como eu, que vem descendo do noroeste, sempre de metrô, viaja uns 20 km e chega até outro parque temático bizarro e bem mais novo, hoje em dia um tanto escasso de público: O Mundo. O mundo cabe em 47 hectares?

Pois é essa exatamente a ilusão que seus criadores quiseram produzir, quando o inauguraram em 1993, como parque de diversões que reúne réplicas de monumentos os mais famosos de todo o planeta. Lá, noivos paramentados podem se deixar fotografar ao lado das Grandes Pirâmides do Egito, ou numa das colossais construções de Ramsés II, montados num camelo de verdade, se quiserem, ou ao lado da torre de Pisa ou Eiffel. Por que não diante do Arco do Triunfo? Ou à frente do Taj Mahal? Até junto às torres Gêmeas nova-iorquinas se pode posar, o que depois de 2001 passou a ser, no mínimo, incomodante. A melhor representação artística desse estranho lugar continua a ser o magistral

北京猿人和《世界》：在时间的回转里
O HOMO PEKINENSIS E O *MUNDO* : NAS VOLTAS QUE O TEMPO DÁ

filme de ficção O Mundo (2004), dirigido pelo cineasta chinês natural de Fenyang, Jia Zhangke, onde essa aglutinação de espaços-tempos, em sucessão assumida de simulacros, se contrapõe à vida real dos trabalhadores do parque, de dançarinas a jardineiros, de bilheteiras a condutores e varredores.

Mas, com efeito, o que talvez mais ressalta desse passeio aos mundos do parque O Mundo seja o desejo imperativo que esse lugar de diversões desencadeia. Precisamos nos reunir à ampla humanidade que foi deixada de fora das ilusões do progresso e dos espaços monumentais. Essas construções que a espécie tem erguido para cultuar deuses e soberanos, defender-se de invasores, celebrar riquezas acumuladas e arquiteturas pretensamente imortais. Os excluídos, os "barrados no baile" de ontem e de hoje: e se déssemos a eles, aqui e agora, voz e visibilidade, passe livre, comida e água? E, antes de tudo, moradia?

E se pudéssemos cantar como as duas dançarinas amigas, no filme O Mundo, a russa Anna e a chinesa Zhao, em línguas agora permutáveis, aquela canção popular romântica, Ulan Bator Night, lembrando que a Mongólia está logo ali, longe-perto, esperando que à noite reencontremos um amor perdido, uma irmandade separada, uma alegria de viver que os ventos do deserto podem, com alguma sorte, nos reensinar? Haverá tempo e vontade de reaprender o que essa música apenas promete?

15

A ÚLTIMA CRÔNICA: DE ESTUDANTES DA UNI-VERSIDADE DE PEQUIM PARA INDÍGENAS DO ALTO SOLIMÕES

Quando, há cerca de oito dias, colegas do Instituto de Estudos da Linguagem (IEL) da Universidade de Campinas (Unicamp), Brasil, que atuam na área de Línguas e Educação Indígenas, entre eles Filomena Sândalo e Wilmar D'Angelis, enviaram mensagem à nossa comunidade, dando conta do verdadeiro estado trágico de aldeias e povoados na região do Alto Solimões, Amazonas, com o avanço da pandemia, divulguei seu apelo junto a colegas, amigos e estudantes na China.

Situação particularmente grave é a do povo Tikuna, maior comunidade indígena do Brasil, que vive a dor da perda de seu único médico formado e a calamitosa situação na comunidade do Feijoal, onde mora Osias, aluno da pós-graduação em Linguística da Unicamp. Essas notícias calaram fundo em várias pessoas aqui na China, que acompanham com muita tristeza e preocupação o desastre socioambiental amazônico.

Organizamos duas ações imediatas de solidariedade. Junto a colegas professores e profissionais próximos, conseguimos a doação de recursos que já foram transferidos para a ONG Kamuri, empenhada em socorrer as áreas de emergência no Alto Solimões. Além da Universidade de Pequim, tivemos pronta resposta de colegas e amigos de outras universidades: Normal de Pequim, de Estudos Estrangeiros de Pequim, de Língua e Cultura de Pequim, Nankai (Tianjin), de Ciência e Tecnologia do Sul (Shenzhen), de Estudos Internacionais de Zhejiang (Hangzhou) ; além de jornalistas da Xinhua (agência nacional chinesa de notícias) e do Ministério de Recursos Humanos e Segurança Social.

A outra ação está documentada aqui. Alunos da graduação em Língua e Literaturas de Língua Portuguesa da Universidade de Pequim foram convidados, voluntariamente, a enviar mensagens aos membros das comunidades indígenas afetadas. Metade deles se manifestou. Certamente, com a ajuda dos colegas do IEL engajados, esse correio da cooperação solidária e amizade internacionalista chegará logo a seus destinatários.

1. Mensagens escritas por alunas e alunos da turma de 2018 (2. Ano, idade média = 20 anos):

O amanhecer sempre vem depois da escuridão. Estamos solidários enfrentando esta catástrofe global. Nós sobreviveremos a esta crise.

- Daiane（Kuang Yunting）

Nenhuma palavra é suficiente para prestar nossa homenagem à sua luta heroica contra a epidemia. Respeito sua coragem, sua determinação e sua bondade imensa. Acredito que com o seu esforço, tudo vai dar certo! Boa sorte, meus amigos queridos!

- Kátia (Yang Kaiwen)

Sejam Fortes!

- André (Shao Zhongtian)

Nós, o ser humano, estamos em apuros. Aqui na China, eu desejo-lhes muito ânimo. Quero bem ao povo brasileiro, vocês enfrentaram no passado dificuldades muito maiores do que esta, e vocês superaram-nas todas. Sobretudo, desejo coragem e força ao povo indígena, vocês são robustos e valentes, e estão fazendo muitos sacrifícios para que a situação melhore, estou convicto de que vocês certamente conquistarão a vitória final.

Sendo aluno que irá ao Brasil como um intercambista, presto atenções à sua situação todos os dias. Em uma notícia, vi dois índios com máscaras, conduzindo uma canoa nas águas tranquilas e cobertas de algas verdes. Estou muito comovido, e também tenho orgulho de vocês, por conta da sua solidariedade, já sei que vocês nunca serão abatidos.

Agora a temperatura está arrefecendo, e o inverno virá em breve. Mas se o inverno chega logo, porventura a primavera estará distante?

Quando as flores desabrocharem, espero que esteja junto com vocês.

— *Tiago (Li Wutaowen)*

Não obstante o tempo estar difícil, por favor, lembrem que nós estamos sempre juntos com vocês.

— *Daniela (Chen Danqing)*

Nós sempre estamos juntos. A epidemia é horrível, mas o nosso amor é mais forte. Chineses e brasileiros, todo o mundo e todas as pessoas vão triunfar!

— *Diana (Fang Jiangchen)*

Vá lá! Tudo estará terminado! Não preciso lhes avisar de lavar as mãos com diligência e de não se reunir, desejo sublinhar que é importantíssimo se cuidar bem e se proteger das emoções negativas. UM GRANDE ABRAÇO para vocês!!!

— *Leandra (Liang Liyan)*

Lamento saber que a vida de muitas pessoas está ameaçada devido à epidemia. Talvez a situação na China agora possa dar-lhes a confiança que mostra que covid-19 pode ser vencido. Acredito que o Brasil irá derrotar o vírus através de inteligência, paciência e força.

Amanhã será melhor.

- *Renato (Dong Hanyuan)*

---

2. Mensagens escritas por alunas e alunos concluintes da turma de 2016 (4. Ano, idade média = 22 anos):

Olá meus amigos brasileiros!! Sou uma estudante chinesa da Universidade de Pequim, também residente em Wuhan, onde a pandemia começou. Deve ser difícil para vocês suportar a morte de um membro brilhante da comunidade, e eu entendo muito essa dor porque minha cidade testemunhou muitas perdas e separações durante esses últimos meses. No entanto, só quero dizer que é nestes tempos mais sombrios que ganhamos força e nos tornamos mais fortes do que nunca. Em dias sem esperança, eu pensava que esse pesadelo nunca terminaria, mas agora minha cidade recuperou sua agitação habitual, tudo está de volta aos trilhos novamente. E acredito que o tempo mais escuro passará para vocês. Tudo vai ficar bem, todos nós apoiamos vocês!

- *Olívia (Huang Yongheng)*

Lamentável saber da notícia:

Região da Amazônia parece tanto familiar como estranha para mim. Familiar é que quando eu era uma criança, conhecia o magnificente panorama da região na televisão, ainda no início do século; estra-

最后一篇文章：北京大学学生写给亚马孙州上索利蒙伊斯地区印第安原住民的话
A ÚLTIMA CRÔNICA: DE ESTUDANTES DA UNIVERSIDADE DE PEQUIM PARA INDÍGENAS DO ALTO SOLIMÕES

nha é que embora saibamos da Amazônia como pulmão da sociedade humana, nunca temos oportunidade para ver como é, por seu mistério e perigo.

Da notícia conheço que a Amazônia é o lugar onde vocês passaram a infância e onde hoje ainda vivem. Quero dizer que tenho adoração por vocês, como membros dos povos que vivem na região, conquistando condição difícil, mas rigorosa e natural. Eu lamento, mas, ao mesmo tempo, tenho mais confiança em que vocês, com ajuda da sociedade internacional, podem vencer a epidemia. Na língua chinesa, usa-se a expressão "Manter Juventude pelas Vicissitudes da Vida", o que acho uma expressão emocionante. Vocês, junto com seu grupo étnico e o Brasil, abraçarão nova vida depois da catástrofe.

Saudade de Tianjin, China [fotos do remetente]

- *Pascoal (Zhang Xiaohan)*

Meu irmão brasileiro:

Como vai? Espero que esteja bem, apesar de sabermos que estamos numa situação difícil. Nos primeiros três meses de alastramento da pandemia, como o governo exigiu que as pessoas ficassem em casa, permaneci toda a primavera em casa, receando ouvir as notícias, quase todas péssimas. Eram a amizade e a solidariedade que me aliviavam a tristeza. Agora espero que nossas mensagens lhe deem algum conforto. Mantenhamos viva a esperança: a vida já mudou, mas ainda continua, e continuará. Tudo de bom para você!

- Lucélia (Lu Zhengqi)

Caros amigos brasileiros da Amazônia:

Eu sou um estudante da China e ouvi que vocês estão enfrentando a ameaça do vírus Covid-19. Temos uma grande empatia com vocês porque já temos sofrido a mesma situação na China. Mas eu tenho certeza de podermos superar a dificuldade, então devemos ter confiança e nos esforçarmos para nos manter saudáveis. Como o que foi dito no poema, "Se vem o Inverno, chegará prestes a Primavera". Eu acredito que nós humanos podemos vencer o vírus. Espero suas boas notícias!

- Domingos (Xie Dongcheng)

Queridos amigos:

Sou Zoé, uma estudante chinesa. Crê-se que todo o mundo está agora enfrentando o risco trazido pelo Covid-19, o que é uma coisa bastante preocupante. Embora não sejamos médicos que têm capacidade de ajudar a melhorar a situação no Brasil, esperamos que a situação da comunidade Tikuna melhore rapidamente. Existe sempre uma amizade entre o povo brasileiro e o povo chinês! Espero que esta amizade possa levar coragem e energia para vocês! Força! Atenciosamente,

- Zoé (Liang Yingyi)

A ÚLTIMA CRÔNICA: DE ESTUDANTES DA UNIVERSIDADE DE PEQUIM PARA INDÍGENAS DO ALTO SOLIMÕES

Sinto muito pelo falecimento do médico Tikuna da sua terra. A vida é sempre difícil, cheia de desafios. Mas as coisas vão melhorar! Porque também sempre há pessoas que rezam para vocês, e que se simpatizam com suas dificuldades. Espero que as coisas melhorem lá em Feijoal! Força!!

— *Rui (Chu Xiaorui)*

Prezados amigos do outro lado do planeta:

Nihao! Olá! Meu nome é Tian Zehao e sou da cidade de Shenzhen, Cantão, China. Ouvi de sua situação e sinceramente sinto muito. Estamos diante de uma crise mundial que precisa da nossa solidariedade. É fato que essa cartinha não vai mudar a situação, mas espero que essas pequenas palavras possam dar algum consolo.

É um fato triste que sua autoridade não vos protege atentamente. A culpa, porém, é também nossa, porque. Conheço o mecanismo de globalização, que sempre prejudica o bem-estar de uns para satisfazer outros. Mesmo que não seja eu que decido isso, nós, todos que moram fora de Amazônia, somos responsáveis. Peço desculpas.

Respeito sua vontade e direito de viverem como quiserem, mas o coronavírus não está brincando conosco. Fiquei em casa desde janeiro, bem início deste ano, como todos os chineses. Mesmo assim, muitos já tinham perdido seus familiares e amigos. Então, por favor, tomem cuidado com qualquer pessoa que venha de fora e mantenham a higiene. Talvez não gostem das máscaras. Mas se puderem (espero que sim), se protejam. É claro que essa situação vai mudar suas vidas, porque todos nós, mundialmente, somos afetados. O mais importante é sobreviver. Me sinto muito triste ao ouvir notícia sobre sua situação. Não sei por que estou achando maneiras para me convencer que existe ainda um futuro brilhante, nem sei como será o mundo amanhã, mas tento viver até ali. O mais importante é a esperança: qual dificuldade que seja, somos invencíveis quando a temos.

Agora a China já passou o período mais perigoso, o que prova a possibilidade de controlar a pandemia. Tudo isso vai passar, e creio que seja em breve. Abraços,

- *Gaspar (Tian Zehao)*

É isso aí, a verdadeira amizade renega fronteiras. Fiz só pequenas revisões em sua edição. Todos os textos são integralmente desses jovens e bravos estudantes, que continuam cursando seu semestre à distância. Que a Mãe Terra os proteja, para que, em futura aliança com as multidões dos despossuídos, em particular os povos indígenas amazônicos, possam lutar e construir um mundo de beleza, paz e harmonia. Das ruínas desse desconcerto, quem sabe possível seja fazer não só figura, mas diferença?

[15/maio]

最后一篇文章：北京大学学生写给亚马孙州上索利蒙伊斯地区印第安原住民的话
A ÚLTIMA CRÔNICA: DE ESTUDANTES DA UNIVERSIDADE DE PEQUIM PARA INDÍGENAS DO ALTO SOLIMÕES

PS: Transcrevo a mensagem recebida da antropóloga indigenista brasileira Juracilda Veiga, coordenadora geral da ONG Kamuri:

Prezado Professor Francisco.

Agradecemos imensamente os recursos, e o carinho, de ter mobilizado emocionalmente seus alunos, para essa ação de solidariedade e de compromisso.

Faremos chegar as mensagens aos Tikuna. A solidariedade aumenta a imunidade, e nos cura.

Conseguimos uma boa rede de apoiadores locais e imaginamos que na segunda-feira, dia 18, tudo esteja funcionando: kits de higiene, cestas básicas e confecção de máscaras caseiras. Tudo muito mais devagar do que gostaríamos. Os produtos chegam de barco e a preços exorbitantes, para alguns produtos. Álcool em gel, não existe na região. O kit higiene contará com sabão em pó, sabão, sabonete, água sanitária. Da Capital Manaus a Tabatinga são 1512 km, 4 dias de barco, duas vezes por semana. Tabatinga que é a cidade polo comercial, fica a 4 horas de barco de Benjamim Constant, município onde está situada a aldeia de Feijoal. Feijoal tem 190 famílias e 3.148 pessoas. Foi feita pela comunidade uma barreira sanitária e só a FUNAI e a SESAI têm autorização para entrar na comunidade e transportar as doações que vamos fazer. Conseguimos uma pessoa que vai confeccionar mil máscaras para Feijoal, mas não existe muitas lojas de tecidos em Benjamim, ou Tabatinga. Assim estão tentando fazer chegar os tecidos de Letícia, que fica na Colômbia. Isso com barreira na fronteira, porque o Brasil é hoje o centro da pandemia, na América Latina. Vamos estender a ajuda aos Tikuna do Médio e Alto Solimões. Aldeia Belém do Solimões: 1.014 famílias, 5.800 pessoas. Aldeia Umariaçu 1. são 504 famílias, 2.191 pessoas.

Aldeia Umuriaçu 2. São 1302 famílias, e 5002 pessoas. Aldeia Filadélfia, 269 famílias. 1400 pessoas. Essas aldeias são apenas as relacionadas ao polo Base de Saúde de Belém do Solimões (para que tenham uma dimensão da população Tikuna). Estamos tentando manter as pessoas informadas pelo site da Kamuri (www.kamuri.org.br.).

Vamos ajudar também a população Kokama que é a mais vulnerável, já morreram 41 pessoas, dos Kokama, muitas lideranças e falantes da língua, porque são justamente os velhos os mais atingidos pela pandemia. Há na região muita população Kokama, Tikuna e de outras etnias que estão na periferia da cidade. Esses são duplamente discriminados porque estão fora das terras demarcadas oficialmente e misturados com a população não indígena. A busca por receber a ajuda emergencial do governo, que tarda, os expõe a longas filas nos bancos, e ao vírus.

Aumenta aceleradamente o desmatamento e as queimadas na Amazônia, além do garimpo ilegal nas terras indígenas como entre os Yanomami. Tudo isso promovidos por decretos e resoluções anticonstitucionais de um governo que veio justamente para acobertar o crime organizado e os latifundiários, e para quem a falta de controle e a pandemia só favorecem.

A solidariedade e a compaixão aos seres humanos e para com o planeta é o farol que nos faz manter o foco em meio a essa turbulência. Agradecemos por cada gesto de simpatia e carinho, por tantos inocentes que sofrem com o descalabro desse governo e com a omissão daqueles que tem o poder para fazer cumprir a constituição, mas que se acovardam e lavam as mãos. Atenciosamente,

- Juracilda Veiga

[16/maio]